エリート

愁堂れな

幻冬舎ルチル文庫

CONTENTS ✦目次✦

エリート

✦イラスト・緒田涼歌

✦カバーデザイン＝清水香苗（CoCo.Design）
✦ブックデザイン＝まるか工房

エリート〜elite〜

1

ここは――どこ、なんだろう？

ものすごい胃のむかつきとともに目が覚めた。昨夜、あんなに飲まなきゃよかった、と思いながら、一体なんで飲んだんだっけな、とぼんやりした頭のまま目を開き、見慣れぬ天井に驚いて思わず辺りを見回した。

「げ」

半身を起こしたとき、自分が裸で寝ていることに初めて気づいてぎょっとする。それに僕の腹の辺りにあるこの裸の腕は一体――？

慌てて腕の主を――傍《かたわ》らで背を向けて寝ている人物の顔を覗《のぞ》き込もうとし、逆にいきなりその腕に抱き込まれてしまった。

「なっ」

再びベッドに押し倒され、驚いて暴れようとする僕の胸に圧《の》し掛かってきたのは、

「……か、課長……」

そう――昨日赴任《ふにん》してきたばかりの、矢上《やがみ》課長だった。

「おはよう」

課長は目を細めるようにして微笑《ほほえ》むと、そのまま端整な顔を落としてきて——呆然《ぼうぜん》としている僕の唇を塞《ふさ》いだ。

「……っ」

頭の中が真っ白になる。キキキキキキス？？？　今、僕たちはキスしてるんじゃないか？

「ちょっ……」

冗談じゃない、と僕は必死で両手を突っ張って課長の胸を押し上げ、彼から顔を背《そむ》けようとしたが、体重で押さえ込まれた上にしっかりと片手で顎《あご》を固定されてしまって、身動きひとつ、それこそ唇を外すことすらできない。そうこうしているうちに課長のもう片方の手が布団の中へと潜ったかと思うと、いきなり僕の右の太腿《ふともも》を摑《つか》んで大きく脚を開かせようとした。素手を感じるってことは、トランクスまで脱いでるってことか、と更に焦りながら僕は彼の手から逃れようと必死で身体《からだ》を捩《よじ》った。

「……っ」

身体を動かした途端、どう考えてもソレが——矢上課長の雄《オス》が僕の腹を擦《こす》り、その感触にぎょっとして思わず動きが止まってしまった。それを僕が抵抗を諦《あきら》めたととったのか、課長は顎を押さえていた手を退《ど》けるとそのまま僕の両脚を抱えて大きく開かせ、腰を浮かせるような体勢をとらせた。

「……くっ」

自慢じゃないが――ほんとに自慢じゃない――僕は身体が硬いのだ。つらい体勢に思わず顔を歪《ゆが》めた僕からようやく唇を離してくれた課長が、

「……どうした？」

と顔を覗き込んできた。

「どうしたもこうしたも……っ」

わけがわからずそう叫びかけた僕が息を呑《の》んでしまったのは、課長が脚を摑んでいた片手を離し、あろうことかいきなり僕自身を握ってきたからだ。ぎょっとし見上げた僕に課長は、

「『どうしたもこうしたも』？」

と笑いを含んだ声で囁《ささや》き、握った雄をやんわりと扱《しご》き上げてきた。

「やめてくださいっ」

わけがわからないながらも僕は必死で課長の胸を押し上げ、摑まれた脚をばたつかせて彼の身体の下から逃れようと暴れまくった。

「朝から元気だな」

呆《あき》れたような声を上げた課長は僕の抵抗を易々《やすやす》と封じると、雄を扱く手を速めてくる。

「ど……っどこ握ってるんですかっ」

朝だけにすぐに勃《た》ち上がったそれはちょっとした刺激にも弱いのに、こうもいきなり攻め

立てられては我慢できるものじゃない。鼓動を速めた心臓が送り出す血液が、全部一点に集中して流れ込んでくるような感触に、僕は上がりかけた息を抑え、最後の抵抗、とばかりにそう叫びながら課長の胸を押し上げた。

「どこって……」

くす、と笑った課長が更に雄を扱く手のピッチを上げる。

「やっ……」

僕は大きく背を仰《の》け反《ぞ》らせ、ついに耐えきれずに彼の手の中で達してしまった。どくどくと先端から精液が流れ出すのを、早鐘のような鼓動とともに感じ、知らぬうちに低く呻《うめ》いてしまっていたらしい。

「ん？」

何か言ったか、というように僕の顔を覗き込んできたその顔に——確かに昨日、初対面であったはずの彼に、わけがわからない状態を通り越し、パニックのあまり頓死《とんし》しかけていた僕は、

「何やってるんですか！」

と大声で叫んでしまったのだった。

そう——この全裸で僕に覆《おお》い被《かぶ》さっている男と僕とは、昨日が初対面だったのだ。

彼は先月一日《いっぴ》に発令され昨日着任した、僕たちの課の新課長だった。僕の勤務先は総合商

社であるから、海外駐在経験のある管理職は決して珍しい存在ではない。が、前の赴任地はロサンゼルスだというこの課長の前評判は、発令当日から、若干《じゃっかん》三年目の僕の耳にも届いていた。同期の中では一番早いタイミングで管理職になったとか、エリートコースと言われるロス駐在は、出張時に支店長のお眼鏡《めがね》にかなった結果だったとか、ロスでは年俸二億の他社からの引き抜きに応じなかったとか——。

そんな鳴り物入りの課長の着任を、僕たちは戦々恐々《せんせんきょうきょう》として待っていたのだけれど、実際現れた彼には——矢上課長には、更に度肝《どぎも》を抜かれてしまったのだった。

「はじめまして。矢上光彦《みつひこ》です」

部員一同部長席の前に集まり、新しい課長である彼を迎えた。さすがにエリートの呼び声が高いだけあって、高級ブランドと思われるスーツの着こなしには一分の隙《すき》もない。身につけているものだけじゃない、もともと整っている容貌《ようぼう》を飾るひと筋の乱れもない髪型や、綺《き》麗《れい》に剃《そ》られた髭《ひげ》、わざとらしくなく整った眉《まゆ》、笑顔を作る口元から覗く白すぎるほど白い歯——アメリカのビジネスエリートは容姿にも人一倍気を遣うと言うが、まさにそれを地で行くような矢上課長の男っぷりに、僕たちはまず圧倒された。

「なんか凄《すご》いよなあ」

ぼそりと同期の石崎《いしざき》が囁いてきた声に頷《うなず》こうとした僕は、石崎ともどもこの新課長にじろりと睨《にら》まれ、思わず首を竦《すく》めた。顔立ちが整っているだけに、彼のひと睨みにはかなりの迫力がある。前任の準定年間近の柳沢《やなぎさわ》課長には感じたことのない『課長としての威厳』を、この新課長は着任早々オーラのように発していて、そのオーラの前に僕をはじめ課員全員が早くもなんだか気を呑《の》まれたような状態に陥《おちい》ってしまっていた。

そんな周囲の様子に気づいているのかいないのか、矢上課長は僕らをぐるりと見渡すと、また完璧《かんぺき》に演出されたとしか思えない爽《さわ》やかな笑みをその顔に浮かべ、着任の挨拶《あいさつ》を締めくくった。

「国内の客先との折衝《せっしょう》は久し振りになります。『今浦島《いまうらしま》』で皆さんがもどかしく感じることも間々あるでしょうが、一日も早く当課に慣れたいと思っていますので、どうぞよろしくお願いいたします」

軽く会釈《えしゃく》をする彼に、僕たちも慌てて会釈を返す。

「君たちも知ってるとおり、矢上君はロスの電力機械部を黒字転換した男だ。当部でもその辣腕《らつわん》を是非《ぜひ》とも振るってもらいたい」

頼むよ、と矢上課長の背を叩《たた》いた部長はこれ以上ないくらい上機嫌に見えた。傍らで前任課長が肩身が狭そうに俯《うつむ》いているのは、三期連続で当課を赤字転落させてしまっていたからだ。といっても別にそれは課長の責任というわけではなく、ちょうど自社物件の端境期《はざかいき》という運の悪い時期に課長に就任してしまったからなのだが、矢上課長の『黒字転換』は運の良《よ》し悪《あ》しだけではなかったということだろうか。

「既《すで》に役員候補らしいぜ」

席に戻りながら石崎が囁いてきた噂《うわさ》は僕の耳にも入っていた。

「いくつだっけ？　三十二？　三？」

もっと上に見えるといえば見えるし、二十代といわれればそう見えないこともない課長の外見をもう一度見ようと振り返ったときなぜか彼と目が合ってしまい、僕は慌てて目を逸《そ》らすと石崎に小声で尋《たず》ねた。

「二、かな。若いよなあ。柳沢課長より二十も下だぜ」

石崎もちらと課長を振り返り、そう答えてくれたあと、あまりにもしみじみした口調で、

「それにしても、いい男だよなあ」

などと言い出したものだから、僕はつい吹き出してしまった。

「なによ」

そう言う石崎自身、同期の中ではピカ一と言われるほどの容姿と営業センスを持っている。前任課長だけでなく部長の覚えもめでたい男なのだが、そういう彼だからこそ『できる』と評判の新課長に闘争心を燃やしているのかもしれない。優秀だが意外に単純でわかりやすい面を持つ彼の言動に思わず笑ってしまったのだったが、それをそのまま本人に言うわけにもいかず、

「惚《ほ》れちゃった？」

とふざけて問い掛けてやった。

「惚れちゃった」

石崎も悪乗りしてシナまで作って答えてくれる。

「榊原《さかきばら》は？」

「僕はあんまりタイプじゃないなあ」

僕も悪乗りしてそう答え、二人で笑っているところに、

「馬鹿なこと言ってないで、早速会議だってよ」

と先輩の星野《ほしの》さんが後ろから僕たちの頭を丸めたノートで叩いた。

「会議？」

「そ。それぞれの仕事内容を報告してほしいんだってさ。新課長、いきなりの招集だよ」

「へえ」

着任早々の課長のはりきりように、僕と石崎は顔を見合わせたが、既に課長が会議室に向かって歩いているのに気づくと、行くか、と慌てて彼のあとを追った。その会議の席上、新課長が更に僕たちの度肝を抜く発言をしようとは、僕は勿論《もちろん》、優秀な石崎ですら予測できるものではなかった。

僕の所属する課は、米国から発電機を輸入し国内客先に販売している輸入部隊だ。課員は管理職が課長と三十八歳の中本《なかもと》課長代理、その下に主任クラスで九年目の山本《やまもと》さんと七年目

の星野さん、その下が三年目の石崎と僕、そして新人の藤井《ふじい》という男性七名と、事務職八年目の越野《こしの》さんと二年目の宮元《みやもと》さんの女性二名の合計九名の小さな課だ。あのテロ事件以降アメリカの景気が回復しない上に、国内の電力自由化を見越し、業容拡大を狙《ねら》ったところにもってきての大幅な電気料金の値下げと、発電業界には暗雲が垂れ込めており、課の現状も未来も決して明るいとは言えない状態だった。部のお荷物とさえ言われ始めた当課を、果たしてロス支店の電力事業を黒字転換したというこの矢上課長はどう立て直そうというのか。お手並み拝見、というのはあまりに偉《えら》そうだけれども、僕たちは興味津々《しんしん》といった面持《おもも》ちで会議の席に臨んだのだった。

が、そんな物見遊山《ものみゆさん》な気分は一瞬にして消え失《う》せた。矢上課長は、仕事の内容を把握するためにと、一人ずつ今担当している業務と、この一週間の成果について、席についた順から発表させ始めたのだ。僕たちは慌てて手帳を捲《めく》り、一週間の予定を見返した。トップバッターを取らされた新人の藤井にはその余裕がなかったために、かなりしどろもどろな発表になってしまったのだったが、まだ一年目の彼にも矢上課長は容赦なく様々な質問を浴びせかけた。ますますしどろもどろになりながらも、藤井は一カ月ほど注力し続けた案件の逸注《いっちゅう》の報告をし始めた。

「……三宅《みやけ》病院は今まで三度訪問し、用度《ようど》課長との面談でも確かに手応《てごた》えはあったのですが……」

「言い訳はいい」

低いがよく通る矢上課長の声が藤井の発表をいきなり遮った。厳しいその口調に室内が一瞬しん、と静まりかえる。藤井に至っては、何を言われたのかすらわからないような状態で、呆然と矢上課長を見つめていた。

「逸注の原因はなんだ？」

「……え？」

厳しい視線を真《ま》っ直《す》ぐに注がれ、気の毒にも藤井は絶句してしまった。頭の中が真っ白になってしまったんだろう。確かあの案件は競合他社が縁故《えんこ》を使って無理やり割り込んできたんじゃなかったか、と僕は思い出し、話し出す気配のない藤井に代わって、

「Y社の横槍《よこやり》が入ったためです」

と思わず口を挟んでしまった。藤井が入社したときに指導員になり、いろいろ世話を焼いたのは僕だった。あまり要領のいいタイプではないために、客先との折衝にも苦労しがちな彼は、こういった緊張感には弱いのだ。決してできが悪いわけじゃない、こつこつ真面目《まじめ》に仕事をこなす実直な人柄で最近では客先の心をとらえてはいたが、初対面のこの課長には彼の人柄まではさすがに看破《かんぱ》できないだろう。立《た》ち往生《おうじょう》している彼を見るに見かねて助け舟を出した僕に、矢上課長は厳しさを増した視線を向けてきた。

「君は？」

まだ自己紹介すらしていなかったことに気づき、僕は慌てて、

「榊原友哉《ともや》です。平成十三年入社で、藤井の指導員をしていました」

と頭を下げた。

「指導員……」

矢上課長は目を細めるようにして僕の顔に尚《なお》も視線を注ぎ続ける。

「はい……」

だんだん居心地が悪くなってきたのは、射るような課長の視線と、様子を見守る課員たちの緊迫感がひしひしと伝わってくるからなのだが、課長の次の言葉に室内の緊張感は更に高まることとなった。

「新人の指導期間は三カ月のはずだ。藤井君はまだ一人立ちしていないという認識を持てということか?」

「なっ」

そう来るか、と今度は僕が絶句してしまった。藤井が申し訳なさそうな顔をして僕を見ているのが目に入る。申し訳ないのはこっちだと僕は慌てて彼の弁護に回った。

「そういう意味ではありません。彼は立派に一人で客先との折衝にあたっています」

「立派に折衝にあたってはいるが、今回は逸注したというわけだ」

課長の口調は冷静さを通り越して悪意すら感じさせる。思わずかっとなった僕は、

「彼は彼なりに一生懸命やったんです」

と大きな声を出してしまったのだが、そんな僕を矢上課長は呆れたように一瞥《いちべつ》すると、外国人のように肩を竦めてみせた。

「なんです？」

勢いあまってそう叫んだ僕とは対照的な、課長の冷静な声が室内に響いた。

「『一生懸命』やることに意味はない。要は結果だ」

「……っ」

僕が息を呑んだのと同時に室内にざわめきが走った。

「きびしー……」

小さな声で女の子たちが囁き合う中、藤井ががっくりと肩を落としたのが視界に入り、僕は再び彼を擁護《ようご》しようと口を開きかけたのだったが、

「じゃあ次。石崎君」

と課長が何ごともなかったかのように次の発表者を指名したために、僕の憤《いきどお》りは行き場を失ってしまった。

石崎はちらと僕を見たあと、机の下で僕の膝《ひざ》を叩くと、

「三年目の石崎です」

と課長へと向き直り、業務報告をし始めた。室内の空気から不穏な色が消えてゆく。淡々

と自分の仕事の内容を話し続ける石崎のよく通る声を上の空《うわのそら》で聞きながら、僕はすっかり興奮してしまった自分を落ち着かせようと、周囲に気づかれぬように小さく溜息《ためいき》をついた。

課長の言うことが正論であることはさすがに僕だってわかっている。成果を上げなければそれまでに積み上げてきた努力はすべて無駄になる。が、だからといってその努力そのものを全否定してしまうのはどうかと思うのだ。成果が上がる上がらないには『時の運』みたいなものだってあるだろう。現に今回の藤井の逸注は、完全なY社の横槍で——運の悪いことにY社のトップと病院の院長が高校の同級生だったらしく、成約直前でその人脈を使われひっくり返されたのだそうだ——藤井がどう動いたところで防ぎようはなかったのだ。それこそ努力だけではどうにもできなかった、その経緯くらい聞いてくれたっていいじゃないか、と、落ち着こうとしているはずがまた熱くなってきてしまった自分に気づき、いけないいけない、と頭を振りながらふと顔を上げたときに、隣で話している石崎を見ていたらしい矢上課長と目が合った。

「……っ」

気のせい、だったのかもしれない。が、そのとき僕は、課長が唇の端を上げてにやりと笑ったのを見たのだ。また頭にかっと血が上りそうになる気配を察したんだろうか、石崎が話しながら僕の方をちらと見る。なんでもない、と目で応えたあと僕は手帳を開き、頭の中で報告内容を纏《まと》め始めた。

——気に入らない。

手帳に書いてある自分の字に意識を集中させようとしても、どうしても憤りが先に立ってしまってなかなか考えが纏まらない。役員候補だかなんだか知らないが、頭ごなしにしかりつける態度といい、部下を——って僕をだが——馬鹿《ばか》にしたようなあの笑いといい、とにかく僕は、この新課長のすべてが気に入らなかった。

思わず膝の上で拳《こぶし》を握り締めていたが、

「じゃ、次。榊原君」

と、嫌みなほどの美声で矢上課長に名を呼ばれ、我に返った。

「はい」

ついつい睨むように視線を向けた先で、今度こそ課長は、はっきりと、にやりと僕に向かって笑いかけてきた。

——やっぱり絶対に気に入らない。

更に頭に血が上りそうになるのを自制心で抑え込むと、僕は絶対につけいる隙を与えないようにと、あらゆる神経を駆使して自分の担当業務と先週の業務内容を発表し始めた。気に入らない相手の前では死んでも弱みは見せないというのが僕の信条なのだ。昔から『見た目は大人《おとな》しそうなのに、負けん気が強い』と言われ続けてきたこの性格は一朝一夕《いっちょういっせき》で直るもんじゃない。

新課長とうまくやっていくことを考えた方がどれだけ社内で生き易くなるか、そんなことはさすがの僕にもわかってはいたが、この矢上課長とはどう考えても『うまく』などやっていけそうにない。そんな第一印象を抱《いだ》いてしまったはずなのだが――。


「やめてくださいっ」

それなのに今、達して尚扱き上げられ、その手から逃れようと必死で手足をばたつかせているこの状況は――何がどうなってるんだと僕の混乱は増すばかりだ。

パニックがパニックを呼び、騒ぎまくる僕の目の前で、課長は先程雄を扱き上げた手を口元へと持っていくと、僕の顔を覗き込みながら自分の指を一本、思わせぶりにしゃぶってみせた。

「……っ」

はじめ意味がわからず、呆然と彼の動きを目で追っていたが、その手が何に塗《まみ》れているのかに思い当たった途端、一気に頭に血が上り、羞恥《しゅうち》のあまり叫び出しそうになった。

僕の放った精液を、僕自身に見せつけるかのようにぺろりと舐《な》め取る舌の紅《あか》さが妙にエロティックなこの男――僕が第一印象で『気に入らない』と心の中で叫んだ新課長は、ぱくぱ

くと口を動かしているだけの僕に向かって、にやりとまた、あの人を馬鹿にしたような微笑を浮かべてみせた。

「な……な……な……な……」

ようやく課長の腕から逃れた僕は、ベッドの上にぺたりと座り込んだ。全裸でいることがどう考えても恥ずかしく、上掛けを引っ張って自分の下半身を覆う。矢上課長はそんな僕の姿を呆れたように見ていたが、やがてその端整な眉を片方だけ上げると、

「なんだ、覚えてないのか？」

と心底意外そうな声でそう尋ねてきた。

「覚えてない？？？」

前を隠すこともせずベッドから下りた課長は、見事としか言えないほどに均整のとれたその肢体《したい》を見せつけるかのように前に立つと、床に落ちていた僕のシャツをほら、と放ってきた。

「昨夜、自分で脱いだんだぜ？」

「うそ！」

思わず胸の前でシャツを握り締めて叫ぶと、

「嘘なもんか」

と課長は苦笑し、今度はトランクスを放ってくれた。

「…………」

反射的にそれを受け取ってしまいながら、僕は手の中のシャツとトランクスを交互に見やり――やがて顔を上げて、目の前でにやにやと笑っている課長へと視線を戻した。

「あんまり積極的でびっくりしたよ」

「せっきょくてき？？」

何を言われても全く記憶がない。この状況を鑑《かんが》みるに、僕は、僕はこの新課長と――ヤってしまった、ということなのだろうか？

「意外にしつこいセックスをするんだな」

にや、と笑いながらうとんでもないことを言い出した課長に僕は思わず、

「うそだっ」

と叫んで――再びぺろりと自分の右掌《てのひら》を舐めてみせた課長の仕草に言葉を失った。

そうだ。さっきも僕は彼の手の中で達してしまったばかりで――。

「うそ……」

信じられないけれど、今の自分の姿を見下ろすかぎり、僕はこの男と――ヤってしまった、のか？

力なく呟《つぶや》く僕に畳み掛けるように矢上課長は、

「まあお互い楽しんだんだからいいじゃないか」

などと気楽なことを言ってくる。

「楽しんだって……」

そんな馬鹿な、と僕は呆然としながらも弱々しく反論を試みた。

「楽しまなかったとでも？」

にやりと笑って再び裸のまま覆い被さってこようとする課長の胸を、

「やめろって」

と慌てて押し上げる。

「つれないねえ」

苦笑しながらも身体を起こした課長は、目を細めるようにして微笑むと、

「先にシャワー、浴びるか？」

と小首を傾《かし》げ、そう僕に尋ねてきた。あまりに絵になるそのポーズに思わず見惚《みと》れてしまいながらも、それを裸で言われていることの不自然さにすぐに我に返った僕は、

「いえ……」

なんで見惚れていたのかな、と焦って首を横に振った。

「一緒がいいとか？」

ふざけているのかいないのか、そう言って手を伸ばしてきた矢上課長の手を「いえっ」と慌てて振り払う。

「じゃ、お先に」

やはりジョークだったのか、課長はあっさり踵《きびす》を返し、全裸のままドアへと歩いていった。その後ろ姿を僕は呆然と見つめていたが、やがてドアの向こうにギリシャの彫像を思わせる見事な裸体が消えた瞬間、

「うそーっ」

と一人ベッドの上で叫んでしまったのだった。

『お互い楽しんだんだから』――楽しむも何も、今までの人生の中で男と寝たことなんかなかった僕は、自分が昨夜彼とどうやって『ヤった』のか、まるで実感が持てずにいた。女顔であることが災いし、学生時代から電車で痴漢《ちかん》にあうことくらいはあったが、そのたびにそいつの手を摑んで駅員に引き渡してやったために、そんなに酷《ひど》い被害にあったこともない。だいたい男にそれを触られる気色の悪さを我慢できるほど、僕は忍耐強くないはずなのに、昨夜はあの課長と、全裸で抱き合って、そして――『ヤって』しまった、ということなんだろうか?

「うそ……」

アイデンティティの崩壊というのはまさにこのことか。

確かに床に乱雑に脱ぎ捨てられているのは僕のスーツで、鞄《かばん》もその辺に転がっていて、ネクタイはベッドの宮台にかかっていて――。

「……うそだろ」

状況証拠は揃《そろ》いすぎるほど揃っていて、答えはただひとつしかないにもかかわらず、僕は往生際《おうじょうぎわ》悪く呟くとまた、課長が消えていったドアの方を見やった。

アメリカ帰りの彼には、そっちの趣味があったのか――。

にやり、と笑い、僕の精液のついた指をゆっくりとしゃぶってみせた彼の端整な顔が不意に脳裏《のうり》に甦《よみがえ》る。

「……っ」

たまらず僕は首を激しく横に振ったが、唇を塞がれたときの感触が、両脚を開かされたあの手の力強さが、そして僕自身を扱き上げてきたあの長い指が、次々と記憶に甦り、あまりにも鮮明なその像から逃れたくて僕は勢いよくベッドから下り立つと、そのまま手早く服を身につけ、大慌てで部屋を飛び出した。

飛び出した先はリビングで、今更のように僕はマンションの一室にいたことに気づいた。シャワーの音が微《かす》かに聞こえる。しばらく物珍しさから室内を見回していたが、やがてシャワーの音が止まったことに気づくと、慌てて玄関へと走り、脱ぎ捨ててあった自分の靴をつっかけ、課長が浴室から出るより前にと部屋を飛び出したのだった。

始業ぎりぎりの時間に会社に飛び込み、息を切らせながら席についた僕のところに、

「大丈夫か？」

と石崎が心配顔で近づいてきた。

「……課長は？」

ハアハア言いながら辺りを見回して姿を探したが見当たらない。

結局あのあとマンションを飛び出したはいいが、そこがどこかもわからなかった僕は、ちょうど目の前を通り過ぎようとしたタクシーに手を上げ乗り込んだのだった。千葉《ちば》にある独身寮の住所を告げると驚かれたので、慌てて窓の外、電柱の番地を見るとなんとそこは『恵比寿《えびす》』だった。あまりのロケーションのよさにあの課長はバックグラウンドまで一級品なのか、と僕は羨《うらや》ましさを通り越し呆れてしまった。

「あ、やっぱり駅でいいです」

慌てて行き先を変更し、やれやれ、とシートに身を沈め時計を見ると午前七時。それから大急ぎで寮に戻ってシャワーを浴び、とるものもとりあえず会社に駆け込んだ、というわけだった。

「ああ、今部長に呼ばれてるよ。しかし、お前大丈夫か？　ちゃんと帰れた？」

尚も心配そうに問い掛ける彼の後ろから、

「そうそう、昨夜、かなり飲んでたもんな」

と山本さんも心配そうに声をかけてくれる。

「最後、課長に絡みに絡んだの、覚えてる？　そのあとつぶれちゃってさあ」

横から越野さんにそう言われ、ああ、そういえば……と、僕は微かに残る昨夜の記憶を辿《たど》り始めた。

昨日は就業後、会社の近所のワインバーで新課長の歓迎会をすることになった。会議のときに垣間《かいま》見た矢上課長の業務に対する厳しさは、その後もフルに発揮された。前任の課長との引き継ぎの合間に船積書類の認証をしていたが、今までならスルーされてきた曖昧《あいまい》な箇所をきっちりと指摘されるだけでなく、国内販売先との契約形態についても見直しを促されたりと、僕たちは半日にして、これからは些細《ささい》なことにも気を抜いてはいられない、ということに気づかされたのだった。

『国内の客先との折衝は久し振り』と言っていたにもかかわらず、矢上課長の指摘はあまりに的確だった。業界動向もすべて頭に入っているらしいことが窺《うかが》える指示には、やはりできる男は違うな、と感心せざるを得なかったのだけれど、それでも僕は彼のエリート然とした顔や、冷徹にさえ聞こえるその口調のいちいちが癇《かん》に障《さわ》って仕方がなかった。

今まで人に対してあまりマイナスの感情を抱いたことはなかったのだが、これがいわゆる『虫が好かない』というヤツか、と思って昼飯のときにそう石崎に言うと、

「俺も。なーんか言うことがいちいち鼻につくんだよな」

と、あまり人の悪口を言わない彼にしては珍しくそう顔を顰《しか》め、僕だけじゃなかったかと安心してしまった。

そんなこんなで、その夜の飲み会は『歓迎会』といいながらもどこかしらけた雰囲気が終始席上を覆っていた。前任課長は体調が悪いと早々に帰ってしまい――それも随分大人げないとは思うのだが、矢上課長のあの働きぶりを見てしまったあとでは仕方がないことなのかもしれない――あとは管理職・主任クラスと女の子に任せた、とばかりに僕や石崎、新人の藤井はテーブルのすみで勝手に飲み食いしていた。

「課長、独身なんですかぁ？」

二年目の宮元嬢が目を輝かせて尋ねるのに、頷く矢上課長を見ながら石崎が、

「『仕事が恋人さ』なんて言い出すんじゃないだろうな」

ぼそりとそう言ったのがツボッた僕の笑い声が響いたからだろうか、

「なんだ、若手が固まって」

こっちに来ないか、と、話題も尽きたのか星野先輩に無理やり課長の隣に席替えさせられてしまった。

「どうも……」

仕方なく座りながら頭を下げると、

「よろしく頼むよ」

と課長はにっこりと作ったような笑みを浮かべ、僕のグラスにワインを注いだ。

「あ、すみません」

慌てて僕は彼の手からボトルを奪い取り、既に空きそうになっていた彼のグラスにワインを注ぐ。

「課長、お強いんですねえ」

真っ赤な顔で越野さんが感心したように言う横で、

「そうそう、さっきから全然顔色変わらないし」

宮元嬢はますますうっとりした目を課長に向けていた。

「じゃ、乾杯」

チン、とグラスを合わせられ、僕はまた慌てて課長へと視線を戻すと、「よろしくお願いします」とグラスを合わせ、そのまま一気にワインを呷《あお》った。

課長の話は確かに面白かった。決して自慢というわけではなく、ロスでの成功の裏話をしてくれるその話術は巧みで、だんだんと座も盛り上がってきた。女の子たちなどは更に目を輝かせ、酔っているのをいいことにプライベートな質問まで課長にぶつけ始めた。酒の席は無礼講なのか、課長はいちいちその質問に答えてやっていたが、その答えのいちいちが妙に僕の癇に障ったのは、僻《ひが》み根性なのかもしれなかった。

「趣味はなんなんですかぁ？」

「ゴルフ……はもう仕事かな。絵が好きだから美術館にはよく行ったね」

「絵！　ご自分でも描《か》かれたり？」

「スケッチ程度だけどね」

「すごーい」

「クリエーターですね～！」

黄色い歓声が上がる横で、

「ゴルフはオフィシャルおいくつくらいで？」

と太鼓もちのように中本課長代理が尋ねるのに、

「オフィシャルハンデは五なんですが、厳しすぎるので下方修正しようかと思ってます」

と答えた彼はゴルフもシングルの腕前らしい。それからも、テニスでインカレに出たとか、大学時代には英語の弁論大会で優勝したとか、これでもかというほどに『できる男』の逸話が次々出てくる中、話題に乗れない僕はもう飲むっきゃない、と一人グラスを重ねてしまったのだった。

僕だけでなく、皆も随分酒が回ってきた頃、話題は前任課長のことから――やはり太鼓もちの課長代理が、『前任課長にはまるでヴィジョンというものがなかった』などと悪口半分に言い出したのだ――今日の会議のことへと及んだ。

「ご着任早々、はっきり言って驚きましたよ」

課長代理は世辞《せじ》のつもりだったのだろうが、それをきっかけに誰かが厳しすぎる、というようなことを言い出し、場の雰囲気は一気に不穏なものになった。

「厳しすぎる……と君も思うかい？」

不意に課長が僕の方を見てそう問い掛けてきたとき、僕は随分酔っ払ってしまって自制がきかなくなっていた。

「厳しい……というより、ドライすぎるんじゃないですか？」

言いながら呂律《ろれつ》が回っていないのに気づく。ふらふらと頭が揺れてしまうのを抑えることができなかったが、まだそのときは意識ははっきりしていたと思う。

「ドライ？」

目を見開いた課長の顔は、ようやく少し頬《ほお》が上気してきた、といった状態だった。酔いのためかやけに潤《うる》んできらきら輝く目が真っ直ぐに僕を見据えている。瞳《ひとみ》に星まであるよ、と僕が一瞬その光に見惚れそうになってしまったのも相当酔っていたせいだろう。

「ん？」

再び小首を傾げるようにして顔を覗き込んできた課長の問いに僕は我に返ると、見惚れたことを後悔したせいもあり、かなり強い口調で言い捨てていた。

「『成果のない努力は無駄だ』っておっしゃいましたけど、努力なくしては成果は生まれないじゃないですか。した努力が全部成果に結びつきゃそれ以上いいことはないけど、そんなことは絶対ムリなんだから、成果を上げられなかった努力にだって少しは目を向けてほしい、というのは間違ってますかね？」

「間違ってはいない。が、正しくもないね」

課長の目から星が消えた。それは彼が目を細めて微笑んだからだということに僕が気づいたときには、課長は酔いなど感じさせない口調で理路整然と話し始めていた。

「何も私は君たちのする努力すべてを否定しているわけじゃない。努力あってこその成果、それは勿論そのとおりだ。だが、会社はすべてが結果だ。結果なくしては何も始まらないんだ。いくら努力をしても、それが何をも生み出さなければそれに注いだ労力はすべて無駄になる。『やりました、でもダメでした』は社会では通用しない。そのくらいのことは私が言うより前に、皆理解していると思っていたが？」

「だからドライだって言うんだ！」

大きな声を出した僕を慌てて課長代理が押さえ込もうとしたような気がしたが、この辺から僕の記憶は曖昧になっていた。

「アメリカじゃどうかは知らないけど、日本人はもっとウエットなものなんだっ！　いいじゃないか、藤井は藤井で頑張ったんだ。成果が上がらなかったのは彼のせいじゃない、不可抗力だ。それなのにその努力を全部否定しなくたって……」

「榊原さんっ」

「やめろ、榊原」

藤井と石崎が飛んできた――ような気がする。が、それからどうなったのか、記憶はぷっつりと途絶えて、今朝、裸で課長のベッドで目が覚めるまでの間は、僕にとって全くの『空白の時間』になってしまっていたのだった。


「覚えてない～？」

石崎が呆れたように大きな声を上げる。

「途中まではなんとか……アメリカ人がどうとか言ったあたりまでは記憶があるんだけど……」

心もとない僕の答えに、石崎はやれやれ、と溜息をつくと、

「あのあとお前、さんざん課長に絡んだ挙句《あげく》につぶれちゃってさ、俺が連れて帰ろうとしたら、課長が帰り道だから自分が送っていくって、お前を同じタクシーに押し込んだの……覚えてない？」

と僕の顔を覗き込んできたが、覚えてないものは覚えてない。

「藤井なんか、お前が庇《かば》ってくれたって、感激のあまり泣き出したんだぜ？　それも覚えてない？」

「覚えてない……」

やめてくださいよ、と横から藤井が赤い顔で割り込んできたが、僕には全くその記憶がなかった。

「泣いたの？」

「泣いてません」

更に彼の顔が赤くなったところをみると、本当に泣いたのかもしれない。学生時代は空手《からて》部だったという彼が泣くところなんて勿論見たことがなく、そんな珍しい光景を覚えてないなんて損したな、などと和《なご》みかけたのだが、

「なんだ、それじゃお前、昨夜のことはほんとに何も覚えてないんだ」

と石崎に改めて言われ、

「うん。目が覚めるまでなんにも……」

と答えた瞬間、今更のように自分が今朝、どこでどうやって目覚めたかをまざまざと思い出してしまった。

「う」

思わず一人で呻いてしまった僕の顔を、

「『う』？」

なんだよ、と石崎が不審そうに覗き込んでくる。

「いや……なんでも……」

慌てて首を振る僕を石崎が追及しようとしたそのとき、僕の視界に数メートル離れた会議室のドアから出てくる課長の姿が飛び込んできた。

「……いけね、戻ってきた」

石崎と藤井が慌てて自分の席へと戻ってゆく。一分の隙もなく高級そうなスーツを着こなし、整えた髪に少しの乱れもない矢上課長がだんだんと僕らの方へと近づいてくる。呆然とその姿を目で追っていたのだったが、

「礼言えよ、礼」

斜め前の席から囁いてきた石崎の声に、途端に僕は我に返った。

礼——礼？？

確かに彼らの話を総合すると、酔いつぶれた僕を連れ帰ってくれたのは矢上課長らしいのだが、連れ帰ったあと彼は僕に、何をした？

『意外にしつこいセックスをするんだな』

にやりと笑ったその面影は、今、自席についた矢上課長の顔にはない。

「ほら」

またぼんやりと課長を見ていた僕に、石崎の囁き声が飛んでくる。どうしようかなと思ったが昨夜のことを確かめたかったのも事実で、僕は意を決して課長の席へと近づいてゆくと、

「あの……」

とパソコンの画面に集中していた矢上課長の傍らに立ち、声をかけた。

「なに？」

画面を眺めながら課長はちらと目線だけ僕へと向けてくる。

「昨夜は……ご迷惑をおかけしたそうで……」

申し訳ありませんでした、と頭を下げた僕に、

「気にすることはない。今朝遅刻でもしたのなら話は別だが、宴席でのことをとやかく言うつもりはないよ」

にっこり、と営業スマイルとしか思えない笑顔を一瞬向けたあと、課長は何ごともなかったかのようにまたパソコンに視線を戻してしまった。

「はあ……」

近くに立っているために感じる、彼の身体から立ち上るコロンの匂《にお》いは、今朝、ベッドの中で僕を包んだものと寸分変わらないはずなのに、あまりに朝と雰囲気が違う彼の様子に僕は戸惑い、その場に立ち尽くしてしまったのだったが、

「他に何か？」

と重ねて課長に問い掛けられ、慌てて「本当に申し訳ありませんでした」と深々と頭を下げたあと、席へと戻り、自分もパソコンを立ち上げた。

客先からのメールをチェックしつつ、ちらと課長の方に視線を向けたが、課長は昨日と同じくその双眸《そうぼう》に厳しさを滲《にじ》ませたまま、課員を呼び、客先に電話し、あまりにも的確な指示を与えている。

まさか――夢？

朝のことは夢だったんじゃないかとしか、だんだん思えなくなってきてしまった。あんなにはっきりした夢があるもんか、と思った僕の脳裏に、僕の精液に塗れた自分の指を一本ずつしゃぶって笑ってみせた課長の顔が浮かんだ。

あれが夢だったら、一生夢なんか見るもんか。

慌ててぶんぶんと激しく頭を振ってそのイメージを振り落とすと、仕事だ、仕事、と僕は必死でパソコンの画面に意識を集中させようとしたのだったが、当然といおうかなんといおうか、気が散ってしまって全く仕事にならなかったのだった。

2

昼休み、社食での昼食を済ませ、席へと戻ってきた僕と石崎は、既に自席でパソコンに向かっている矢上課長の姿に、思わず顔を見合わせてしまった。

「メシ、食ってないのかな」

僕たちが昼食に出るときは、来客で席を外していた。昼休みが始まって随分経《た》つから、別に済ませてきたのかもしれない。それにしても午前中から今の時間まで、矢上課長は一瞬も気を抜いた様子を見せなかったな、と思ったと同時に、それだけ自分が課長の動向を目で追ってしまっていたということにも気づき、僕は密《ひそ》かに溜息をついた。

矢上課長の仕事振りを見れば見るほど、今朝のことが夢としか思えなくなってくる。夢であるわけはないが、どう考えても現実の出来事であるとも信じられず、午前中を殆《ほとん》ど何もせぬまま一人悶々《もんもん》と過ごしてしまった僕は、これじゃ午後も仕事にならない、と決意を固め、課長席へと近づいていった。

「課長」

声をかけると、パソコンのキーを打つ手が止まった。

「ん？」

椅子《いす》を回して僕の方を振り返る、そんな仕草のひとつひとつも嫌みなくらいに様になっていて、同性として軽いジェラシーを感じてしまいながら僕は、「あの、お話が」と思い切って彼に告げた。

「話？」

課長は少し目を見開くようにして僕を見上げたが、すぐに微笑み立ち上がると、

「会議室へ行こうか」

と前に立って歩き始めた。

「なに？」

あとに続こうとした僕に、石崎が声をかけてくる。

「うん、ちょっと……」

彼の問いを適当に誤魔化《ごまか》し、僕は課長に追いつこうと足を速めた。エリートは歩くのも速いのか、などと考えながら、空室を確かめた彼が会議室内に消えてゆく、そのあとに続いてドアを入った僕は――。

「わっ」

その場でいきなり課長に抱きすくめられてしまっていた。暴れる僕の背を押し当てるようにしてドアを閉め、手をノブへと伸ばしてボタン錠をかける。かちゃりというその音に気をとられる間もなく僕はその場で唇を塞がれそうになり、

「ちょっと……」

待て、と課長の胸を力一杯押《お》し退《の》けようとした。それでもびくとも動かぬ彼の身体に逆に僕の足が縺《もつ》れ、後ろへと倒れ込みそうになる。ドアのおかげで倒れるのだけは免れたが、体勢が崩《くず》れるのを待っていたかのように課長は膝を両脚の間に割り込ませてきて、僕がぎょっとして身体を竦ませているうちに太腿で股間《こかん》を擦り上げてきた。

「なっ……」

信じられない、と顔を上げた瞬間、落ちてきた唇に唇を塞がれた。

「……っ」

一体自分の身に何が起こっているのか、今ひとつ、どころかふたつみっつ把握できず、ともかく課長の腕から逃れようとただがむしゃらに手足をばたつかせた。が、暴れれば暴れるだけ、どんどん自分に不利な体勢に持ち込まれてしまい、気づいたときにはベルトは外され、下ろされたスラックスのファスナーから侵入した課長の手に、直《じか》に自身を摑まれてしまっていた。

「……やめっ……」

状況が把握できない、なんて言ってる余裕はなかった。いきなり先端を親指と人差し指の腹で擦られ、思わず息を呑む。白昼堂々、しかも神聖なオフィスで何をやってるんだ、と僕は渾身《こんしん》の力を込めて、課長の胸を押しやろうとした。

「……なに？」

ようやく僅《わず》かに唇を離してくれた課長が、僕を見下ろし笑う。先ほどまでオフィスで見せていた一分の隙も見られない『できる男の顔』ではなく、今朝、全裸で僕に覆い被さり、セクハラめいたことをさんざんしてみせたときのままの顔がそこにあり、僕は今更のように今朝のことは夢じゃなかったのか、などと納得してしまった。が、そんな呑気《のんき》な考えは一瞬にして僕の頭から消し飛ぶことになった。

「『なに』って、何するんですかっ」

唇は離したが、課長はその手は休めず、それどころかファスナーの間から僕のそれを引っ張り出して激しく扱き上げてきたのだ。

「やめっ……」

ぎょっとして自分の下肢《かし》を見下ろした僕は、煌々《こうこう》と電気の灯《とも》る会議室に晒《さら》された自身の雄に目が釘付《くぎづ》けになってしまった。課長の手の中で早くも先端から透明な雫《しずく》を零《こぼ》しつつあるそれと、あまりにも見慣れたオフィスの会議室の内装とのミスマッチが僕の頭から現実感を奪っていく。羞恥が全身を駆け巡り、やめろと叫び出したいのに、口から漏《も》れるのは自分のものとは思えない掠《かす》れたような上擦った声で、その声が更に僕を煽《あお》り、次第に膝が震えて自力で立っていられなくなってきた。

そんな僕の背を片手で支えながら、課長は機械的とも思える手つきで僕を扱き続ける。と

うとう耐え切れず、もう出る、と身体を竦ませたその瞬間、不意に自身を握る手を外され僕は思わず、

「え……？」

と間抜けな声を上げ、課長の顔を見やってしまった。

「……あと始末に困るだろう？」

にやり、と笑った彼が再び僕をぎゅっと握り締める。その手の中でびくん、と震える雄にまた目を落とした僕に顔を寄せると課長は、

「なんで今朝、黙って帰ったんだ？」

と低い声で囁いてきた。ぞく、と背筋に悪寒《おかん》のような感覚が這《は》い上《のぼ》り、また彼の手の中で僕の雄がびくんと震える。身体の反応に戸惑いつつも、

「なんでって……」

と僕は課長の表情を確かめようと再び顔を上げた。

「つれないじゃないか」

男の僕でも惚《ほ》れ惚《ぼ》れするようなその微笑み。涼やかな目元を細め囁かれる低いバリトンに、またぞくりとしてしまったが、彼にぎゅっと雄を握られた途端にこの状況の不自然さを思い出し、

「やめてくださいって」

と思い切り彼の胸を突っぱねた。

「とても『やめて』というようには見えないけどな」

にやりと笑いまたも雄をぎゅっと握り締めた課長は、僕が再び彼の胸を突くより前に不意に身体を離した。期待していたわけじゃないが、あまりにあっさりした彼の引き際に、僕は前を閉めるのも忘れ、一瞬唖然《あぜん》として課長の顔を見返した。

「惜しいがタイムリミットだ。そろそろ昼休みが終わるからな」

ちらと腕時計に目をやり課長はそう笑うと、それじゃ、と踵を返し一人部屋を出ようとした。

「おいっ」

僕は勃ちきった自身を慌ててしまうと――痛いなんて言ってられない。見上げた会議室の時計はあと三分で一時になろうとしていた――ドアを開けかけた課長の腕を摑んだ。話がある、と言って呼び出したはずなのに、この十数分、結局『話』なんかひとつもしてないことに気づいたからだ。

だが、実際課長が、

「ん?」

と、半身だけ振り返り、片方の眉を上げるようにして僕を見下ろすその顔を見た瞬間、一体何を聞けばいいんだ、と絶句してしまった。

「何かな?」

早くしろ、とでも言いたげに眉を寄せた彼に、一番聞きたいことはなんだろう、と僕は必死で頭を巡らせ——やっぱりこれしかない、と口を開いた。

「昨夜は本当に僕たちは……ヤっちゃったんでしょうか?」

室内に僕のおずおずとした声が響いたあとしばしの沈黙が二人の間に流れた。しんとした室内に、やがて課長のくすくす笑う声が響き始める。

「……何を今更」

肩を竦めて笑っている彼の答えは——肯定、ということなんだろう。

……というより、聞くまでもなく、今までこの室内でやってきたことを思うと、それこそ『何を今更』な事実——なんだろうか。やっぱり。

まさか自分が男とヤってしまう日が来ようとは。しかもその相手が、これから付き合いが長くなると思われる上司で、しかもその上司とは昨日が初対面で、しかも——『しかも』ばかりだが——第一印象は最悪だったはずのこの課長とは——。

呆然としている僕を残し、課長は一人部屋を出ようとしている。僕はスーツも髪も、息すら乱れまくっているのに、相変わらず彼は服装にもその髪にも、勿論その足取りにも一分の乱れも感じさせない。エリート中のエリートと思われた彼にその手の趣味があったとはとても信じられない、と大きく溜息をついてしまった僕を、「なに?」と課長は振り返った。

「……課長は……ゲイだったんですか」

思わずぽろりと疑問が口から零れてしまう。課長は鮮やかな笑顔を僕へと向けると、

「バイだ」

と片目を瞑《つぶ》り、ドアの向こうに消えたのだった。

呆然と閉まったドアを見つめていた僕の耳に、昼休みの終わりを告げるチャイムの音が響き渡る。

「……これ……どうすりゃいいんだ」

疼《うず》き始めた下肢に手をやり呟《つぶや》く自分の情けなさに、僕は今日何度目かの深い溜息をついてしまったのだった。


「榊原、帰ろうぜ」

石崎が僕に声をかけてきたのは、午後十時を回った頃だった。普段の残業も僕はかなり多い方なのだが——儲《もう》かっていない課の特徴で、課員全員が週に半分くらいは深夜帰宅をしていた——特に今日は一日仕事にならず、どうしても今日中にやり遂げなければならないことがまだまだ残っていたため、

「ごめん、帰れない」

と彼の誘いを断った。

「何やってんの？」

石崎が僕の後ろに回り込み、肩越しに手元を覗き込んでくる。

「大田《おおた》病院へのプレゼン」

明日なんだ、と画面を示すと、

「手伝おう」

石崎はなんでもないことのようにそう言って、僕の机から資料の束を取り上げた。

「このデータを入れればいいんだろ？」

客先は違うが、やっている仕事の内容は彼と被っているために、僕が何を作っていて、それが今夜夜明かししなきゃならないくらいのボリュームだということが彼にはわかったのだろう。昼間ぼんやりしてしまったことが恨めしい、と思いつつも、いつもながらの石崎のありがたいサポートに僕は、

「ほんと、このご恩はいつかきっと……」

と半分ふざけて、半分は本気で彼に向かって両手を合わせた。

「ま、そのうち利子つけて返していただきましょう」

優秀さをひけらかすことなく、困っている者に何気なくアドバイスをしたり、手を貸した

りしてくれる石崎は同期ながらも頼もしい存在だった。そう感じているのは多分僕だけではない。先輩たちをさしおいて、彼が課の要《かなめ》となりつつあるのを皆がなんとなく納得しているのは、その嫌みのない人柄と、身についたリーダーシップゆえだと思う。新人の藤井も、指導員は僕だったにもかかわらず、石崎に育てられたといっても過言ではなかった。何かと藤井の世話を焼いてしまう僕に、「それじゃ下は育たない」と苦言を呈《てい》してくれ、藤井が独り立ちできるようによく相談にも乗ってもらった。大学のときに体育会水泳部の主将を務めていただけのことはあり、個々人のいいところを伸ばすその指導方法は、この先彼が管理職になったときに更なる成果を収めるのだろう。

そんな優秀な同期の助力のおかげで、一時間半後には僕は明日の午前中客先へ持って行くプレゼン資料を仕上げることができた。そろそろ終電だと僕たちは慌てて机の上を片付け、会社を出ようとして、まだ課長が席に残っていることに二人して顔を見合わせてしまった。

実は僕はずっと課長の存在を気にしてはいた。昼間よりは随分落ち着いたというものの、それでも彼の姿が視界に入るとなんだか居たたまれないような気持ちになり、仕事の効率も下がった。石崎に手伝ってもらうようになってからは、彼への申し訳なさも手伝って必死で仕事に集中したが、今改めて自分のデスクでパソコンを前に難しい顔をしている課長を見るにつけ、またも僕は落ち着かない気持ちになっていった。

「……何やってんだろうな」

ぼそ、と石崎が囁いてくるのに、「さあ」と僕は首を傾げ、彼のあとについて課長の席まで行くと、

「お先に失礼します」

と石崎と一緒に頭を下げた。

「ああ。お疲れ」

画面から一瞬僕たちに視線を戻し、課長は唇の端をきゅっと上げるようにして微笑みかけてきた。好奇心からその画面を見ると、英文のメールのようだった。

「まだお帰りにならないんですか？」

石崎も好奇心からなんだろう、画面を覗き込み課長にそう尋ねかけた。

「ああ、もう少しやっていくよ。一日も早くロスでの残務処理を片付け、この課の仕事に集中したいからね」

こんなに遅い時間だというのに、疲れた気配など全く見せることなく課長はそう答えると、おもむろに僕の方へと向き直った。

「そうだ、榊原君」

「はい？」

一体何を言われるんだ、と思わず身構えてしまった僕に、課長が話しかけてきた内容は、当然、といおうか仕事の話だった。

「明日の大田病院だが、先方は誰が出てくるのかな」

明日は矢上課長にも同道してもらうことになっていた。今まで用度課長だけが対応してくれていたのが、いよいよ話も大詰め、ということで病院の事務長が出てくることになったからだ。

「宮下《みやした》事務長と、吉田《よしだ》用度課長です」

「二人の経歴は？」

「宮下事務長は病院の融資先である三友《みとも》銀行出身、四十五年東大卒の五十六歳で事務長に就任して三年目、吉田用度課長は病院の生《は》え抜きです。四十二、三歳だったと思います」

「設備導入の実権は事務長が？」

「ええ、銀行の顔を立てる、というわけでもないようですが、院長も設備関係はすべて宮下事務長に一任しているそうです」

「で、その事務長は今回の話に乗り気、というわけなんだな？」

「吉田用度課長の話を聞いてる限りではそのようです。まあ明日実際会ってみるまでは、安心はできませんが……」

この案件はなんとしても取りたい、といろいろとバックグラウンドを調べておいたことが幸いした。課長はわかった、というように頷くと、

「よく調べてある。明日もよろしく頼むよ」

と、にっと笑って僕の肩を叩いた。

「どうも……」

なんとかすべての問いに答えられたことにほっとしたのも束の間、課長の手が僕の肩から外されたときに、指先で軽く引っかかれたような感触を覚え、思わず矢上課長を見返した。が、課長はそのままパソコンへと向き直ると凄いスピードで英文を打ち始めてしまった。

「………」

次々と質問を投げかけてきた切れ者の顔と、会議室でいきなり僕を抱きすくめた挙句に白昼堂々ナニを握ってきたあのスキモノとしか思えない顔と――どちらが本当の課長なのだろうか。

キーボードを叩く彼の後ろ姿を呆然と眺めてしまっていた僕は、石崎の「帰ろうぜ」という声に我に返った。

「ああ……」

慌てて彼の方へと踵を返し、「お先に失礼します」と半身だけ振り返って声をかけた僕に、課長も半身だけ振り返ると
「また明日」

と、にっと笑いかけてきた。

「……っ」

昼間会議室で見たのと同じ微笑に思わず絶句した僕の顔を、石崎が不審そうに覗き込んでくる。

「なんでもない」

答えながら、課長にそれこそ『なんでもない』ふりをして会釈を返し、僕は石崎と一緒に社をあとにしたのだった。


「軽く飲んでかない？」

そろそろ終電もないというのに何か話したいことでもあるのか石崎が誘いをかけてきた。明日も早いし、と渋っていると、寮までタクったあと、出社に間に合うよう千葉まで送ってやると言われ、仕方なく僕は了解した。

石崎と藤井の独身寮は吉祥寺《きちじょうじ》にある。当社には独身寮が四つあり、一番アタリといわれるのが最近できたばかりの、会社から近い石崎たちの吉祥寺の寮、ハズレが築二十年、会社からも最も遠い船橋の僕の寮だった。どの寮になるかは入社のときのくじ引きで決まるのだが、これほど自分のくじ運の悪さを嘆いたことはない。設備の古さや距離の遠さは勿論のこと、同じ課に同じ寮の独身がいないというのは、深夜残業が日常茶飯事《さはんじ》の僕にとってはなかなかキツい問題でもあった。同じ寮の石崎と藤井はよくタクシーに相乗《あいの》りして帰っていくのだが、千葉はタクるにはあまりに遠い。その上、一人、となれば意地でも終電に飛び乗るしかなく、万が一終電を逃してしまった場合は泣く泣く万札を手ばなさなければならないからだ。

そんな僕を気の毒がって、ときどき石崎は一緒に吉祥寺の寮までタクったあと、翌朝自分の車で千葉まで送ってくれるのだった。藤井も指導員だった僕に気を遣ってくれているのか、たまに送ってくれることがある。最初は彼らの親切に恐縮するばかりだったが、最近になって、彼らがそんな親切な申し出をしてくるときは、僕に何か話したいことがあるらしいということがわかってきた。それは僕個人に話したいというよりは、仕事の愚痴《ぐち》を言いたいだけ、という観が否めなくもないのだが、お互いガス抜きは必要と僕は誘われたときには体力が許す限り彼らに付き合ってやることにしている。そう思っているのは僕だけで、もし彼らに言えば「人の親切をなんだと思っているんだ」と怒られるかもしれないが——などと思いながら、僕は石崎のあとに続いて、深夜までやっているショットバーに入った。残業を見越して夕食は既に社食でとっていたが、小腹がすいたとチーズなどを頼みウイスキーを飲み始める。

「しかしほんと、今までとは雲泥《うんでい》の差だよなあ」

しばらく飲んだあと、石崎がカラン、とグラスの氷を揺らしながらしみじみそんなことを言い出した。

「うんてい？」

「雲泥」

ジェスチャーでうんていの真似《まね》をしている僕の頭を馬鹿か、と石崎は小突いた。僕にしてみたら、彼が新課長の話を振ってこようとしているのがわかっていたので、なんとか話を逸らせたかったのだ。

「馬鹿で結構」

飲もうぜ、と尚も話を逸らせようとする僕のことなど全く無視して、石崎は自分の話したいことを——新課長のことを、話し始めた。

「前の柳沢課長はさ、七時以降は席にいたことなかったじゃないか。客先同行もなんやかんや理由をつけて嫌がってさ。そこいくと今度の矢上課長は、自分から積極的に客先へは顔を出そうとするし、何より仕事してるって感じがするし、なかなかいいよな」

「……お前、昨日『虫が好かない』って言ってたじゃないか」

一日にしてこの変化はなんだ、と呆れてみせると、

「まあ、相変わらず虫は好かないけどね」

「お前は？」

石崎は笑ってバーテンに手を上げ、ウイスキーのおかわりを頼んだ。

「やめとく」

昨夜の泥酔を思い出し、僕が顔を顰めて断ると、彼も思い出したんだろう、笑いを堪《こら》えた口調で、

「それにしてもお前、昨夜は熱かったよなあ」

悪戯《いたずら》っぽい目になり、僕の顔を覗き込んできた。

「うるさいよ」

昨夜の話は、新課長の仕事っぷり以上に避けたい話題だ。本当にどうしてあんなことになってしまったのか、僕は意識を失ってたのか。無意識のうちに、それでもやることはやってしまっていたのか——一瞬のうちに様々な考えが去来し、少しぼんやりしてしまった僕に、

「なんだ、このくらいで怒ったの？」

と石崎が茶々を入れてきた。

「怒っちゃいないけどさ」

「なになに、どうしちゃったの？」

わけがわからないだけなんだ、と答えることもできず、大きく溜息をついたところに、石崎が酔っ払い特有のしつこさで絡んできたのには閉口してしまった。

「どうもしないって」

「うそつけ」

「うそなもんか」

もう帰ろうぜ、と僕はバーテンに手を挙げ、伝票を締めてもらうよう合図した。

「まだいいじゃないか」

まだまだ、と石崎がそれを邪魔し、大きく手を振ってみせる。困った顔になったバーテンに、すみません、と頭を下げたあと、

「あのねえ」

と溜息混じりに石崎を見ると、不意に石崎は真面目な顔になって僕を真っ直ぐに見つめてきた。

「なんだよ?」

こうまじまじと見られると、長い付き合いながらついたじろいでしまうのは、整いすぎた彼の容貌のせいかもしれない。合コンのたびに「昔はバイトでショーのモデルをやってた」などと大嘘をつきまくっている彼は、それがあながち嘘とは思えないほどの長身と、立派な体軀《たいく》と、ハーフかクオーターによく間違えられる——どちらかというとラテン系だ——濃い顔立ちをしていた。僕と並ぶと頭ひとつ、彼の方が背が高い。身長も外見も、その上仕事も敵《かな》わないことへのジェラシーは、このくらい見事に差があるとかえって生まれないもので、入社以来同じ課だったこともあり、石崎は僕にとって一番仲のいい同期だった。互いに何かあると相談し合い、助け合ってきた仲ではあったが、さすがに昨夜のことは——そして、今日の昼休み、会議室での出来事も、「お前はどう思う?」などと聞けるものではない。それ

なのに勘のいい石崎は、僕が何かを隠しているという確信を持ってしまったようで、

「『なんだよ』じゃないよ。何があったんだよ」

とまたもじっと僕の顔を覗き込んできた。

「何もないって」

「うそつけ。お前、今日は一日全然仕事になってなかったじゃないか」

さすができる男は観察眼も鋭い——というか、仕事してなかったのがバレバレ、というのはそれはそれで問題だと思いつつ、

「昨日飲みすぎたからだよ」

と適当な言い訳で逃れようとした。

「……それだけかねえ？」

「それだけです」

さあ、もう行こうぜ、と立ち上がりかけたところ不意に腕を掴まれ、ぎょっとして石崎の顔を見返した。僕があまりに顔色を変えたことに石崎は逆に驚いたようで、

「なに？」

とホールドアップさながら両手を頭の上に挙げて問い返してきた。

「え？」

腕を掴まれたとき、昼間の会議室でいきなり課長に抱きすくめられたことを思い出してし

まった、などと言えるわけもない。

「なんか酔ったみたい。帰ろうぜ」

こうなったらもう、何がなんでも帰ろう、と彼をせかすようにして立ち上がらせると僕は再びバーテンへと手を挙げ、会計を急がせた。

「なーんかおかしいよな」

石崎が腕組みしながら僕の顔を覗き込んでくるのを無視して、僕はカードで支払いを済ませると、

「行こうぜ」

と前に立って歩き始めた。狭い階段を下り、タクシーを探そうと大通りに出る。

「そういやさ、昼休み、なんの話してたの？」

なかなか来ない空車を遠く前方に探している僕の耳に飛び込んできた石崎の言葉は、僕を焦らせるには充分だった。

「何って……」

話など全くしなかった。あのあと僕は一人トイレで己を鎮めるのに随分苦労したのだが、そんなことこそ、まさに他人様には言えるわけもない。

「別に……昨夜の詫《わ》び入れただけだよ」

「ふうん」

もの言いたげな石崎の相槌《あいづち》に、

「なんだよ？」

と後ろ暗いところのある僕は自ら絡んでしまった。

「『別に』い」

僕の口調を真似《まね》てみせたあと、石崎は、来た来た、と走ってきた空車に手を上げる。

「感じわる」

僕たちを随分追い越して停《と》まった車に乗り込みながらそう睨んだ僕に、石崎は意外なことを言い出した。

「気をつけろよ」

「へ？」

何に、と問い返そうとすると、石崎は探るような眼差《まなざ》しを向けてきた。

「矢上課長のお前を見る目……なんか意味深なんだよなあ」

「意味深って……」

一体何を言い出したのか、とぎくりとした僕に、石崎は冗談とも本気とも取れるような口調で、

「あれだけの容姿と中身を兼ね備えてて未《いま》だに独身っていうのはどう考えても変だぜ。よほどの女好きで一人に絞れないっていうんじゃなかったら、もしかしてゲイかも……」

まあ、アメリカ帰りだからゲイってのは短絡的すぎるけどな、と笑った。

『いや、ゲイじゃなくってバイなんだって』などと答えられるわけもなく、

「まさか」

と彼に合わせて笑いながら、どうしても笑顔が引きつるのを堪えることができなかった。

「まあ、気をつけるに越したことはない」

石崎は僕の肩を叩くと、ぼそりと、

「お前はそういうとこ、鈍いからなあ」

と意味不明なことを言い溜息をついた。

「鈍い？」

「いや、なんでも」

珍しく言葉を濁され、更に首を傾げた僕の肩を、

「ま、気をつけてくれよ」

と石崎は一段と強い力で叩くと、ああ、眠くなっちゃったなあ、などとふざけたことを言いながらシートに深く座り直している。

気をつけるも何も——既にヤっちゃってるらしいんですけど。

その忠告、昨夜のうちに欲しかった、というのは贅沢《ぜいたく》か。思わず、はああ、と大きく溜息をついた僕の傍らで、早くも石崎は寝息をたて始めている。

「ちゃんと送ってくれるんだろうな」

頭を小突いてやると、大丈夫大丈夫、と石崎は目を閉じたまま片手を振ってみせたが、どう聞いてもそれは酔っ払いの声だった。きっとこれでは朝まで爆睡するに違いない。

吉祥寺からタクシーか——。昨日も今日もついていないと言おうかなんと言おうか。

更に大きく溜息をついたあと、僕は石崎の整いすぎるほどに整った顔を拳で殴る真似をして、密かに溜飲《りゅういん》を下げたのだった。

3

結局その晩、僕は吉祥寺の独身寮に泊まらざるを得なくなったが、翌朝、昨夜の詫びとばかりに石崎が車で出社するのに同乗したおかげで、僕たちは始業の一時間以上前に社につくことができた。さすがにまだ誰も来ちゃいないだろうと思いながらフロアに入った途端、既に席についていた矢上課長の姿を認め、僕と石崎は顔を見合わせてしまった。

「おはよう」

気配に気づいた課長が顔を上げ、僕たちより先に挨拶《あいさつ》をしてきたのに、慌てて「おはようございます」と頭を下げ、席へとついた。

「何時にいらしたんですか？」

好奇心からなんだろう、石崎がそう尋ねると、

「七時半」

と課長はそっけなく答え、パソコンのキイを叩いている。

「七時半！」

僕たちは再び顔を見合わせ、「早いですねえ」と心からの感嘆の声を上げた。

「早朝は電話も鳴らないからね。効率よく仕事ができる」

なんでもないことのように言う課長の顔には疲れの色など見られない。昨日とも一昨日《おととい》とも違う高級そうなスーツに白いシャツ、ネクタイの色柄と上着の相性も嫌みにならない程度に揃っている上に、髪型にはやはりひと筋の乱れもない。粗《あら》を探そうというわけではないが、ついつい髭の剃《そ》り残しなどないだろうか、とこっそりと顔を覗き込もうとしていた僕は、不意に顔を上げた課長とかっちりと目が合ってしまった。慌てて目を逸らせた僕をじろりと一瞥した課長は、

「生活態度については敢《あ》えて上司からどうこう言うものじゃないと思うが……プレスくらいはちゃんとしておくんだな」

と厳しく指摘してきた。まずい、と首を竦めたところに課長は更に畳み掛けるように、

「ネクタイの替えくらい社にキープしておくのも常識だろう」

と言うと、再びパソコンに視線を戻した。

「すみません……」

確かにスーツもネクタイも昨日と一緒で、適当に椅子にかけておいたために少し形が崩れていた。シャツや下着はさすがに替えてきたが――前に吉祥寺の寮に泊まったときのキープがあった――スーツは、このくらいはまあいいか、とそのまま着てきてしまったのだ。やっぱり一度自分の寮に帰って着替えてくるべきだったかな、と溜息をつきかけた僕に石崎が、

「ほら」

とこっそりネクタイを投げて寄越す。彼にとっても『社に替えのネクタイキープ』は常識だったってことか、と思いつつ、

「サンキュ」

とそれを受け取り、ネクタイを締め替えるために席を立った。課長がそんな僕へとちらと視線を走らせたのを目の端にとらえ、これ以上の叱責《しっせき》を受けぬうちにと足早にフロアを出、エレベーターホールを突っ切ってトイレに入る。改めて自分の姿を鏡に映してみると、確かにスーツはすこしくたびれているし、髪は洗ったまま適当に手ぐしで整えただけだったので乱れている。幸い髭は薄い方なので剃り残しがあったとしても目立たないのだが、それでも気になって鏡に顔を近づけたとき、鏡の中に課長の姿を認め、驚いて後ろを振り返った。

「昨夜は泊まったのか？」

用を足すために入ってきたのではないのか、課長は真っ直ぐに僕の方へと近づいてくると、立ち尽くす僕の背後の洗面台に両手をついて退路を断った。

「はい？」

ワイシャツの襟《えり》の白が眩《まぶ》しい。しまった、病院の事務長に会うんだったら、僕もシャツは白にすべきだったかもしれない――どう考えてもこの体勢は異常事態だろうに、異常事態すぎて頭が働かなくなった僕が考えたのは、そんな呑気なことだった。が、

「ん？」

と答えを促すように課長が更に顔を近づけてきたことで我に返り、

「やめてください」

と慌てて彼の胸を押し退けようと両手を突っ張った。

「まだ何もしてないだろう」

くす、と笑った課長が僕を抱き寄せようとする。

「『まだ』ってなんなんですか」

いい加減にしてください、と力一杯彼の胸を押しやると、僕は洗面台を背に、外国人のように肩を竦めた課長のことを睨みつけた。

「ちょっとしたスキンシップだ」

にや、と笑うその顔と、先ほど席で僕をじろりと睨んだ顔には、やはりギャップがありすぎる。

「……冗談はやめてください」

二重人格と思えばいいのだろうが、一人目のエリート人格も、二人目のスキモノ人格も、僕にとっては苦手であることに変わりはなさそうだった。

「悪かったな」

意外にいい引き際をみせ、課長は用を足しに向かった。それを機に僕はまだネクタイを締め替えていなかったにもかかわらず、慌ててトイレを飛び出したのだった。

歩きながら適当に締めたからだろう、席に戻ると石崎が僕をちらと見て、

「曲がってるぞ」

と自分のネクタイを指で示してみせた。

「……サンキュ」

手探りで適当に直す僕に、石崎は何か言いたげな顔をしたが、そのとき課長が戻ってきたためか何も言わず、またパソコンへと視線を戻した。

「榊原君」

課長は席についた途端、僕のことを呼びつけた。

「はい？」

仕事のことだけでも緊張感が走るというのに、『スキモノ』の顔を知っている僕は他の課員の数倍緊張するといってもいいだろう。一体何を言われるのか、と顔を強張《こわば》らせ課長席へと近づいていくと、

「今日は十一時に先方だったね。十時に出れば間に合うだろうか」

と矢上課長は『仕事の顔』で尋ねてきた。

「はい。十時発でお願いします」

ほっとしてそう答えた僕に、課長は尚も問いを重ねてくる。

「何か手土産《てみやげ》は？」

「菓子折りを用意しています」

「プレゼン資料」

「これからプリントアウトしてお渡しします」

「事務長の銀行での最終の経歴はなんだったかな」

「総務部長でした。役員一歩手前、というところでしょうか」

まるでテニスのラリーのような緊張感が走る。と、課長はここで顔を上げ、

「ありがとう」

と僕に向かってにっと笑いかけてきた。なんとか合格点を貰《もら》えた、ということか、とほっとしながら席に戻ると、ちらと目が合った石崎が、ナイス、というように親指を小さく僕の方に向けた。確かにこんな緊張感は、前課長との客先同行のときにはなかったものだ。やれやれ、とも思ったが、それだけこの新課長はやる気に溢《あふ》れているということなんだろうと思うと、なんだか僕までやる気が出てきてしまう。絶対にこの商談はモノにするぞ、と僕は決意も新たに、プレゼン資料の最後の仕上げをすべくパソコンに向かったのだった。


大田病院でのプレゼンは、客先の感触もよく、まあ成功と言えた。正式な発注こそ今回は

なされなかったが、ほぼ内示を貰うことができたのである。来週、工事業者をつれて現調《現場調査》に行く約束をとりつけることもでき、僕は昂揚《こうよう》した気分のままに課長とともに社への帰途についた。

今回の成功はプレゼンの中身というより、この矢上課長のおかげといっても過言ではなかった。課長は僕以上に宮下事務長について調べていたようで、大学が同窓であることから話題を切り出し、あっという間にこの銀行出身でプライドの高そうな事務長の心をとらえてしまった。

「君に任せるなら安心だ」

上機嫌で課長の肩を叩いた事務長の顔を思い出し、僕は改めてこの新課長の仕事ぶりに心から感服してしまっていた。『国内営業は久し振り』と言いながらも、客の心の摑み方の絶妙さは、見ていて気持ちがいいほどだった。本人の話題も豊富であるが、それ以上に人の話を聞き出すのが上手《うま》い。見習うべき点がありすぎるほどにあった往訪の帰り道、課長は僕の提出したプレゼン資料に誤字が二つあったことを指摘した。

「通常の客先では気にすることもないだろうが宮下氏はこういったつまらないことに突っ込みを入れてきそうだからな」

気をつけるように、と言いながらも、

「よくやった。来週は受注だな」

と僕の肩を叩いてくれた。

「ありがとうございます」

こんなふうに上司に褒《ほ》められたことが実は僕にはなかった。前課長は口に出して部下を褒めるというタイプではなかったために、叱責こそされたが、面と向かって褒められたことなど一度もなかったのだ。照れくさいといえば照れくさいが、やはり今までこつこつやってきたことを認めてもらえたような気がして、僕は自然と顔が笑ってしまうのを抑えることができなかった。こうして部下のやる気を起こさせるのか、などとうがった見方をしてしまいながらも、実際やる気になっているのは事実で、社に戻った途端、張り切って工事業者に電話でアポを入れている自分に気づき、二重人格でもなんでも、やはりこの新課長は『鳴り物入り』だけのことはある、などと偉そうに僕は感心してしまっていた。

業者とはすぐ日程調整がつき、病院の吉田用度課長に現調の申し入れをして、やれやれ、と一息ついた僕は、朝から見る暇のなかったメールをチェックし始めた。遊びが二通、申し込んでいる日経のメールマガジンが二通――そんな中、米国のメーカーの担当者からのメールを開いた途端、僕は思わず声を上げそうになってしまった。

それは――今日から適用される新価格の一覧表が添付されたメールだった。今までより二十パーセントほど価格が上がるという通知は半年ほど前に貰っていた。二十パーセントという破格の値上がりに部長からも向こうのトップにクレームをつけてもらったが、今までが安すぎたのだと簡単に返されてしまったのだった。確かに安かったからこそ、このF社に目をつけたのだが、二十パーセント値上がりとなっては競合他社に乗り換えるのも手かもしれない、と思いつつも、この社にしかないスペックも多数あり、値上げを受け入れるしかないということで部内の話し合いはついていた。受注が見込まれる客先分は値上がる前に発注しておこう、ということになっており、一台五百万円相当の機械を百台オーダーしなければいけなかったのだが、それを僕はすっかり失念してしまっていたのだった。

一昨日までは確かに覚えていた。しなければいけない、と思いつつ、この大田病院で見込まれる二十台を入れて百二十台にするかどうかを迷っていたために、ぎりぎりの発注になってしまっていたのだが、昨夜それをしなければならないことをすっかり忘れていたのは、取り返しのつかない僕のミスだった。

いくら新課長就任で周囲がばたばたしていたとはいえ、そしてわけのわからない状況が自分の身に起こりすぎて、動揺しっ放しだったとはいえ、『忘れていた』では済まないことだった。五百万で購入できたものを、一日の差で六百万で購入しなければならないのだ。百台で一億円の損失、百二十台では一億二千万円の損失になる。大田病院には一台五百万に輸入諸掛《しょがかり》を加えた額で仕入れを算出しているので、これが二十パーセントも上がるとなると完全な赤字取引になってしまう。他の客先もそうだ。

どうしよう――。

どうしようもこうしようもなかった。しばし呆然とメールの画面を見つめていた僕は、F社の担当者に泣きを入れてみることにした。ビルという担当者は日本に出張で来たこともあり、面識もあった。三十代半ばの彼は引き抜きでこのF社に来て営業担当のmanagerに就任していたが、なかなか気さくな、人当たりのいい男だった。普段のメールのやりとりでも仕事以外のことを二言三言付け加えてくる。是非シカゴに来てくれ、と何度となく誘ってくれる彼との間には、無理を聞いてもらえる人間関係ができているという自信はなかったが、頼むだけ頼んでみようと思ったのだ。

今回、百二十台という発注を考えているが、なんとか旧価格でお願いできないだろうか、とそのメールに返信し、僕は大きく溜息をついた。頼むからYESと言ってくれ、と祈るような気持ちでメールが送信されるのを見やったが、時差の関係で返事は今日中に望めそうにない。

「榊原?」

声をかけられ、びくっとして顔を上げると、斜め向かいの席で僕を心配そうに見つめる石崎と目が合った。

「なに?」

「いや、真っ青だぞ?」

青くもなる。いきなり一億円以上の損を出そうとしているのだ。先日の会議でも、当部が今期は非常に数字が苦しいこと、百万でもいいから予算で提出した数字に上乗せできるよう努力すること、と言われたばかりだった。そんな中で自分の不注意から一億もの損失を出すなど許されることではなかった。

「なんでもない……」

相談しようかな、と、ちらとそんな甘えた考えが頭を掠めたが、石崎に相談したところで解決する問題でもないことはわかりすぎるほどにわかっていた。この優秀すぎる同期の前では、自分の馬鹿馬鹿しいミスを露呈《ろてい》したくない、という思いもあった。負けず嫌いな僕らしい、彼への対抗心だったのかもしれない。僕は無理やり笑って首を横に振ると、まだ何か言いたそうな石崎から目を逸らせ、ほかの仕事に意識を集中させようと試みた。が、当然、こんなに気になることを抱えていては意識など集中できるわけもなく、僕は凡ミスをいくつも重ねてしまいながらなんとかその日の仕事をやり終え、午後十時を回る頃、一人帰路についた。

眠れない夜を過ごした僕は、次の日も定時の一時間以上前に出社した。ビルからの回答が気になって仕方がなかったからだ。やはりその日も課長は出社していて、僕の姿を認めると、

「早いな」

とにっと笑いかけてきたが、それに笑顔で応《こた》える余裕もなく、僕は生返事を返しながらパソコンを開いた。ウィンドウズが立ち上がるのをイライラしながら待ち、メールを開く。ビルからのメールが来ていることがわかった瞬間、カーソルを合わせる僕の手は震えた。カチ、と本文を開き、焦る気持ちを抑えながら文面を辿った僕は、ある意味予想どおりの彼の返事に、大きく溜息をついてしまった。

ビルの英文はそっけなかった。

「契約は履行してもらわないと困る。発注のバックデートはできない」

当然といえば当然だ。契約社会のアメリカでは当然すぎる解答なのだろう。一縷《いちる》の望みを抱《いだ》かせたのは、ビルのフレンドリィな態度だったのだが、それに甘えようと思った僕の認識が甘すぎたというわけだ。

どうしよう——。

僕は途方に暮れてパソコンの画面をしばし見つめてしまったが、一人で悩んでいても解決の道を見出《みいだ》せるものではなかった。まずは報告をしなければならない——どんなに言い辛《づら》くてもこのまま一人の胸の内にとどめておけるような内容ではないことは常識以上に常識だっ

た。僕は自席でパソコンに向かう矢上課長を見やった。

『どうしてそんなことになった』

当然問われるだろうこの問いに、

『忘れていました』

と答えるしかない自分の情けなさに、僕はまた大きく溜息をついた。が、事実は事実だ。なんと罵倒《ばとう》されようと仕方がない。僕は心を決め、席を立つと矢上課長へと近づいていった。

「課長」

呼びかける声が掠れてしまった。緊張のあまり胸の鼓動も速まっている。

「なんだ？」

課長は微かに眉を顰《ひそ》め、僕の方を振り返った。『仕事の顔』そのものの厳しい眼光に一瞬怯《ひる》んでしまったが、こんなことではいけない、と軽く咳払《せきばら》いをしたあと、

「報告しなければいけないことが……」

僕が意を決して話し始めたそのとき、

「矢上君、一体どういうことかね？」

数メートル離れた部長席から、今出社したらしい部長が大きな声で叫んだものだから、僕たちは二人同時にその方を振り返った。

「はい？」

課長が部長席へと行こうとするより前に、コートを脱ぐ間も惜しむかのように部長は僕たちの方へと近づいてきた。昨夜からつけっ放しのパソコンでメールをチェックしたらしい、ということがわかったのは、彼が課長に向かって発した怒声からだった。

「F社の極東営業支配人から私のところにメールが来ているが、あれは一体なんだね？」

「と、言いますと？」

矢上課長が端整な眉を顰めて問い返す横で、僕はまさか、といやな予感にとらわれつつ、部長の言葉の続きを待った。

「価格が上がることは半年も前から通達しているのにもかかわらず、百台もの発注をバックデートしろ、という申し出をしてくるとは、なんたる常識知らずか、日本では『契約』という概念がないのか、こうなったら今後の契約の履行も見直さなければいけない、と物凄《ものすご》い勢いで罵倒してきてるぞ？　一体君は何をやらかしたというんだ？」

物凄い勢いで罵倒しているのは部長も一緒だった。その罵倒は課長に向けられたものだが、原因は僕だ。課長は言葉を探すように黙り込んでいる。まだ僕はこの件について一言も報告していないからきっと何を言われているのかわからないに違いない。が、部長にはそんなことがわかるわけもなく、

「一体どういうことだね？」

と更に怒声を強め、課長を怒鳴りつけたものだから、僕は思わず、

「申し訳ありませんっ」

と彼らの前で叫ぶと深く頭を下げたのだった。

「君か？」

部長の視線が僕へ移るのと、

「榊原」

課長が僕の名を呼ぶのが同時だった。

「申し訳ありません。僕です。僕が先方にその申し入れを……」

「お前は馬鹿か！」

怒鳴りつける部長の声に一瞬怯んでしまった僕の前に、大きな背中が壁となって現れた。

課長が僕の前に立ったのだ、ということに僕の意識がいったのは、彼が部長に向かって静かな口調で話し始めてからで、それすらわからないほど、僕は動揺してしまっていたのだった。

「申し訳ありません。私の責任です」

私の責任——その言葉を聞いた瞬間、僕は驚きのあまり、

「え？」

と声を上げ、課長の背を見つめた。責任もなにも、彼はまだ何も知っちゃいないのに、と
動揺の続く僕の耳に、課長の静かな声が響いてきたが、内容については半分も頭に入ってこなかった。

「先方には私からコンタクトを取りましょう。今ならまだ現地は夕方——すぐ連絡を入れます」

「……ああ」

課長の冷静さを前に、怒鳴り散らしていた自分が恥ずかしくなったのか、部長は憮然《ぶぜん》として頷くと、

「結果はすぐに報告するように」

と言い捨て、席へと戻っていった。

「あの」

動揺しながらもその背中に声をかけた僕の方を振り返り、課長は静かな口調で、

「どういうことだ？」

と僕の顔を覗き込んでくる。

「申し訳ありません」

「謝罪はいい。現況を報告してくれ」

厳しいことを言われているはずなのに、冷たい感じはしなかった。それが、僕の報告をスムーズにさせるためであることに気づいたのは、すべてを話し終わったあとだった。自分のミスで発注を忘れたこと、リカバリーを狙って先方担当者にお願いメールを入れたこと、今朝『できない』という回答を得たことを報告すると、課長は、

「わかった」

と頷いたあと、部長のところに怒りのメールを入れてきたという、先方の極東営業支配人の連絡先を僕に訊《き》いた。

「これです」

名刺を手渡すと、ありがとう、と受け取り、電話をかけ始める。

結局彼からは、僕を詰《なじ》る言葉が発せられることはなかった。『馬鹿か』と部長が思わず叫ぶほどに馬鹿げたことをしてしまったにもかかわらず、課長は僕には何も言わなかった。

「Hello?」

先方が電話に出た気配がする。名乗ったあと話し始めた課長の電話を傍らに佇《たたず》んだまま聞いていた僕は、受話器から漏れる先方の怒声が課長の静かな口調になだめられてゆくのを呆然と見守っていることしかできなかった。

電話は十五分にも及んだ。先方の機嫌はどうやら直ったらしい。「Thank You.」と電話を切った課長は、やれやれ、と溜息をついてから僕の方を振り返り、

「六十台は前の価格でやってくれるそうだ。すぐオーダーを出せ」

と名刺を返してくれながらそう笑った。

「え？」

最後に彼らが笑っていたのはそのためだったのか――先方の声が聞こえなかったためにそ

こまで内容を把握できなかったが、それより何よりまずは謝らなければと、「本当に申し訳ありませんでした」と深々と課長の前で頭を下げた。

「過ぎたことは仕方がない。が、これからは不測の事態が発生したときには、まず報告しろ。それだけだ」

課長は淡々とした口調でそれだけ言うと、まだ謝り足りずにその場に立ち尽くす僕に、

「ほら、注文書」

と仕事をするよう促してきた。

「…………」

はい、と頷き僕はよろよろと自分の席へと戻った。自分に対する情けなさと、損失が半分で済んでよかったという安堵《あんど》の思いとで、恥ずかしいことに僕は泣き出しそうになっていた。唇を噛《か》んで涙を堪えながら、注文書作成画面を見つめる。

「榊原」

声をかけた課長を振り返った途端、堪えていた涙がはらりと落ちた。いけない、と僕は何ごともなかったようなふりをしつつ、

「はい」

と課長を真っ直ぐに見返した。

「……いや、なんでもない」

課長は一瞬黙り込んだが、すぐにそう笑って立ち上がり、部長席へと向かった。事態の報告に行くのだろう。

「?」

その後ろ姿をしばらく目で追ってしまっている自分に気づき、何をぼんやりしているんだと僕は我に返った。再びパソコンの画面に向かい、今度こそミスはすまいと気を配りつつ、僕は注文書を作成し始めたのだった。

その日の夜、皆が帰ってしまってからも僕は価格変更後の予算替表を作るために一人残って仕事をしていた。

「何やってんの?」

石崎は僕の作っている表を見て、初めて僕のミスに気づいたようだった。僕は今朝のことを簡単に彼に説明したあと、

「今日中にこれ、作っちゃいたいんだ」

と彼の『帰ろう』という誘いを断った。

「……わかった」

僕の手痛いミスについては何も聞かず、石崎は笑って頷くと、頑張れ、というように僕の背を叩いて一人帰っていった。触れられたくないことに触れない彼の優しさに、また僕の胸は詰まる思いがしたが、いつまでも感傷に浸《ひた》っている暇はない。必死でエクセルと格闘し、なんとか赤字を最小限で食い止められるように、国内販売先の価格設定をしなおすことができたときには、もう終電も出てしまったあとだった。

データをメールで課長に送るとき、最後に『本当に申し訳ありませんでした』と書き足しながら、僕は今朝のことを改めて思い出していた。今夜課長は接待が入っていたために部長と早い時間に出て行ったが、あれ以降、彼が僕のしでかしたミスについて触れることはなかった。

『私の責任です』

僕の前に立ち塞がった課長の広い背中が僕の脳裏に甦る。僕が何をしでかしたのか知るより前にそう言ってくれたことに、僕は言葉にならない思いを抱いた。それは一体なんだったのか——ぼんやりとそんなことを考えていた僕の耳に、エレベーターホールからチン、というエレベーターが到着する音が響いた。そろそろ警備員が見回りにくる時間なのか、と僕は何気なく振り返り——。

「課長」

突然現れた矢上課長の姿に言葉を失ってしまったのだった。

「なんだ、まだいたのか」

接待帰りらしい、かすかに赤い顔をした矢上課長がアルコールの匂いとともに近づいてきたのに、僕はようやく我に返って、はい、と席から立ち上がった。

「もう電車もないだろう。早く帰れよ」

言いながら課長は自分の席へと戻り、パソコンを立ち上げている。

「課長は……？」

「ああ、ひとつやり残しがあってね。それをやったらすぐに帰る」

コートも脱がずに画面を見つめる彼へと、僕はそろそろと近づいていった。彼にはもっと詫びたかったし、礼も言いたかった。取引停止になりかねないのを、予想の半分の損失で済ませることができたのはすべて課長のおかげなのだ。

「あの……」

後ろから声をかけると、課長は、なんだ、というように僕を振り返った。アルコールのためか少し潤んでいる瞳に吸い込まれそうになってしまう自分に戸惑いつつも、まずは詫びだ、と僕は、

「本当に申し訳ありませんでした」

と深々と頭を下げた。

「もういいと言っただろう」

苦笑するように笑われたことで、僕は酷く寂《さび》しくなってしまったのだと思う。駄目な男だと思われたかもしれない、使えない部下だと思われたかもしれない、と思うだにやりきれない思いが込み上げてきて、せめて彼への申し訳なさと、感謝の思いだけはわかってもらいたい、と、必死に言葉を繋《つな》ぎ始めた。

「課長がおっしゃるとおりです。結果の伴わない努力は意味がない……僕のやったことは――努力なんて言うのもおこがましいですが、結果を悪化させただけだった。課長のリカバリーがなければどうなっていたかと思うと、本当に僕は自分が情けないし……課長に対して申し訳なかったと思うんです」

思っていることの半分も伝えられないもどかしさに僕は項垂《うなだ》れ、更に深く頭を下げた。

「……申し訳なかったのは俺の方だ」

俯く僕の耳に、あまりにも意外な課長の言葉が響いてきた。驚いて顔を上げた僕に課長は、まあ、座れ、と自席に一番近い席を示した。おずおずと席に着くと、課長はしばらく言葉を探すように黙っていたが、やがて静かな口調で話し始めた。

「『結果を伴わない努力は無駄だ』――確かに俺はそう言った。が、その努力を結果に結びつけてやるのが、課長としての俺の仕事なんだ。俺の部下には誰一人として『無駄な努力』はさせたくない。正しい方向に導いてやりたいし、努力したからには報《むく》われるようにことを運んでやりたい――」

「課長……」

そんなことを考えていたのか、と僕は半ば呆然と矢上課長の顔を見つめていた。厳しい言葉の裏に部下への思いやりが隠れていたことに全く気づかなかった自分の洞察力のなさが情けなかった。

「それにはまず、相互の信頼関係が必要だ。自分たちの努力を支え、吸い上げてくれるという素地《そじ》ができていなければ、俺の言葉は単なる一方的な上司の思い込みに過ぎなくなってしまう。今回、お前がまず一人でなんとかしようと考えてしまったのも、もとはといえばお前が俺を信頼するに足る関係を俺が築いていなかったからだ。着任早々とはいえ、お前とは誰より話す機会が多かったにもかかわらず、そういう関係が築けなかったことに対して、申し訳なかったと思う——そういうことだ」

「課長」

何を言っていいのかわからなかった。そんなことはない、申し訳ないのは僕の方なのだ、と言いたかったのに言葉が見つからなかった。

「……この話はもう終わりだ」

課長はそう笑うと、椅子を回してパソコンに向き直った。メールを開いてチェックをし始めた彼の後ろ姿を僕はなんとも言えない思いを胸にじっと見つめ続けていた。

入社以来三年、前任の課長とこんな話をしたことはなかった。業務の相談すらしたことがなく、僕は先輩や石崎に指示を仰ぎ、課長は承認を貰うだけの役職という認識しかなかった。課長って――こういうものだったのか。

何を今更、と石崎あたりは笑うに違いない。が、僕はこの矢上課長の言葉に、酷く感激してしまったのだった。感動したと言ってもいい。虫が好かない、などと思っていたのが嘘《うそ》のように、僕は彼にならついていきたいと思い始めていた。課長と課員として信頼関係を結べるような仲になりたいと――。

何か肝心なことを忘れている――胸を熱くしてしまっていた僕が、それに気づいたのは、課長が僕を振り返り、笑いを含んだ声でこう言ったときだった。

「あまり熱く見つめられると、期待してるのかと思うぞ?」

「え?」

言われた言葉の意味がわからず、首を傾げた僕に向かって課長の腕が伸びてきた。

「わ」

いきなり机越しに腕を引かれ、前にのめった僕の唇を課長の唇が塞ぐ。ぎょっとして身体を引こうとすると、課長は僕の腕を離しそのまま僕の頭を自分の方へと抱き寄せた。

「……っ」

開いてしまっていた唇の間に彼の舌が侵入し、僕のそれを求めて口内を暴れ回る。嘘だろ、と思わず立ち上がると課長も立ち上がり、片方の手を僕の腰へと回してきた。深夜で無人とはいえ、神聖なオフィスで何をやってるんだ、と僕は力一杯彼の胸を押し上げ、なんとか唇を外した。

「……あのっ……」

とても先ほど熱弁を振るって僕を感動させた人物の所業とは思えない、肩で息をしながら睨むと、課長はにやりと笑って、

「キスしてほしそうな顔をしてたからさ」

と僕の身体を離した。

「なっ……」

何を言ってるんだ、と唇を手の甲で拭《ぬぐ》い、僕は呆れて課長の顔を見返した。

「……ま、『信頼関係』も大切だが、それ以上の『関係』も、これから二人でじっくり築いていこうということさ」

課長はそう笑うと、言葉を失っている僕から目を逸らせ、そろそろ帰るぞ、とパソコンの電源を落としにかかった。

『信頼関係』以上の関係——。

そうだ。すっかり忘れていたが——忘れる自分もどうかと思うが——僕はこの課長と既に『信頼関係』ではなく、『肉体関係』を結んでしまっていたのだ。

ああ、と溜息をつきかけた僕だったが、ふと課長の言葉が気になって、

「『これから』?」

と問い返した。

「ああ?」

課長が不審そうな顔をして僕の方を振り返る。

「これからって……もう僕たち、ヤっちゃってるんじゃ……」

『覚えていない』からノーカウント、で済むってわけじゃないだろう。せっかくついていきたい、と思えるような信頼できる上司に出会えたと思ったのに、その彼と結んだのが『信頼関係』じゃなく『肉体関係』だったというこの現実を、僕はどうやって受け入れたらいいんだろう――。

そんな僕の思考は、課長の突然の爆笑に遮られた。

「課長?」

笑われる覚えなんて全くない。一体何ごとだと気色《けしき》ばんだ僕の前で、課長はますます大きな声で笑い出し、「苦しい……」と涙まで滲ませ始めた。

「あの??」

一体なんなんだ、と睨みつけると、ようやく笑いが収まってきたらしく、それでもくすくすと笑いながら課長は驚くようなことを言い出した。

「お前、本当にそう思っているのか?」

「へ？」

何が、と目を丸くした僕に課長の笑いはぶり返したようで、再びげらげら笑い始める。

「課長？」

失礼にもほどがある。一体なんなんだ、と大きな声を出すと、課長は、悪い悪い、というように片手を振った。

「まさか本気で信じてるとは思わなかった」

「え……？」

戸惑いに眉を顰めた僕を見て課長の肩がまた笑いに震えた。

「……何もしちゃいないよ」

「え？」

くすくす笑い続ける課長が何を言ってるのか、最初僕にはわからなかった。

「だから、あの夜、俺はお前に何もしちゃいないんだよ」

「ええ？」

何もしていない——ってことは——？

「服を脱がせて寝かせただけだよ」

「うそっっ」

思わず叫んだ僕に、課長の笑いも引っ込んだ。

「普通わかるだろ？　ヤったかヤらないかくらいは……」

呆れたようにそう言われて思わずかっとなる。

「ヤったこともないのに、わかるわけないじゃないかっ」

「そりゃ結構なことで」

やけに嬉《うれ》しそうな課長を、

「何がケッコーなんだ！」

と僕は興奮のままに怒鳴りつけた。

「そんなリアクションが楽しくてさ」

またくすくす笑い始めた課長を前に、僕は怒りで目が眩《くら》みそうになっていた。

何もなかったというのか――？　男とヤってしまったのかとあれだけ悩んだのに、あの夜は何もなかったって――？

「それならっっ」

あの朝、いきなりキスしてきたのも、会議室でセクハラめいたことをしてきたのも、僕の勘違いをいいことに、単に僕をからかっただけだと――？？

「ん？」

片目を瞑り小首を傾げる課長の胸を、僕は力一杯突き飛ばした。

「馬鹿にするなっっ」

一瞬でも『いい課長』とか『ついていきたい』なんて思った自分が馬鹿みたいだ。リアクションが楽しいだ？　ゲイだかバイだか知らないが、人をおちょくるにもほどがある。僕はよろけもしない課長を睨んでそう叫ぶと、そのまま踵を返してエレベーターホールへと走った。

「コート忘れてるぞ」

笑いを含んだ課長の声を背中にすぐにきたエレベーターに飛び乗って一階のボタンを押す。確かにコートは忘れてたし、仕事もやりっぱなしだったけれど、とてもフロアに戻る気にはなれなかった。

「……馬鹿にするな……」

不意に課長の唇の感触が唇に甦る。なぜかどきりとしてしまう自分の気持ちを振り切るようにごしごしと手の甲で唇を拭い、憤懣《ふんまん》やるかたなく僕はそう呟くと、手が痛くなるほどにエレベーターの壁を殴りつけてしまったのだった。

それから一週間は何ごともなく過ぎた。

何ごともなく、というのは語弊《ごへい》があるかもしれない。なんとあのあとF社の担当者であるビルから連絡があり、残りの六十台も値上がり前の価格での発注を受けてくれると言ってきたのだ。

そもそもなぜ部長のところにF社の極東営業支配人から怒りのメールが届いたかというと、僕のメールを見たビルが上司になんとかならないかと掛け合ってくれたからだったらしい。その上司が矢上課長との電話で、発注の半分を旧価格に据え置くというこちらの申し出を了承してくれたと知り、ビルがもう一度掛け合ってくれた結果、今回発注分はすべて前の価格でOK、ということになったという。

『つれない返事を打って申し訳なかった』というビルのそのメールを貰ったとき、僕はそれこそ飛び上がらんばかりに喜んだ。今までビルとの間で構築してきたと思っていた『人間関係』が一方的なものでないことがわかったことも嬉しかった。ビルが言うには、上司の極東営業支配人はあの電話で矢上課長のことをえらく気に入ったとのことで、彼がmanagerを務める会社との取引は今後も大事にしていきたい、それを鑑みれば今回の一億など安いものだ、と言ったそうなのである。

やはり課長か――あの短時間の電話で、一体課長はどうやって極東営業支配人の心をそこまでとらえたというのだろう。確かに頭は切れるし指導力はあるし、判断力だってハズレなんてあるんだろうかと思うくらいの素晴らしさだとは思うが、人格的には破壊されていると思うぞ、と僕はパソコンの画面越しに、今は外出している課長の席をちらと見た。

あの夜以来、僕は彼と会話らしい会話をしていなかった。業務連絡や仰裁はすべてメールで済ませ、できるだけ外出して課長と顔を合わせないようにしていたのだ。幸いなことに、着任間もないこともあり、課長自身も昼間は挨拶回り、夜は歓迎会、と予定が目白押《めじろお》しだったので、それこそこの一週間、僕が課長と交わした会話は、先日の大田病院のアポについて予定を確認したくらいの、一分にも満たないものだけだった。

在社時間は短かったが、矢上課長は着々と課員たちの信頼を集めつつあった。皆がモバイルや携帯で課長を追いかけ、指示を仰ぐようになったが、それは在社しがちだった前任課長の机の電話が殆ど鳴らなかったのとは雲泥の差だった。仕事面では本当に申し分ない課長だとは思う。僕だって彼にならついていきたいとまで思ったのだ。

それでも――。

『何もしちゃいないよ』

あの夜――酔いつぶれた僕を裸にしただけでなく『リアクションが面白い』などという馬

鹿馬鹿しい理由でさんざんセクハラめいたことをした彼を、そして僕の勘違いをあれだけ大笑いした彼を、僕はどうしても『いい課長』と認めることができないでいた。仕事振りがどんなに素晴らしくても、人格は破壊されてるどころじゃ済まないくらいめちゃめちゃなんだ、と声を大にして叫んでやりたいが、されたことがされたことなだけに――アメリカじゃジャストジョークで済むのかもしれないが、日本じゃキスされたりナニを握られたり、その上、手でいかされたり、というのはどう考えても異常事態だと思う。アメリカでも絶対アブノーマルだと思うんだけど――僕はどこへも訴えることができぬまま、この一週間をただただ課長をマル無視して過ごしてきたというわけなのだった。

だが、さすがにこのビルからのメールに関しては、課長をマル無視するわけにはいかなそうだった。突破口を開いてくれた課長に事後報告だけはしておこう、と僕はビルのメールに『とのことで、すべて旧価格でOKとなりました。どうもありがとうございました』と簡単に追記して、課長に転送することにした。送った途端、課長が外出から帰ってきた。なんというタイミングだ、と僕は彼がメールを見るより前に外出してしまおうと立ち上がった。

「榊原君」

フロアを出ようとする僕の背中に、課長の声が飛んできた。一瞬遅かったか、と足を止め、

「はい？」

と課長を振り返った。

「このメールは？」

相変わらず、嫌みなくらいに服装も髪形も整っている課長が画面を見ながら問い掛けてくる。

「文面どおりですが」

硬い声で返した僕を、心配そうに藤井がちらと見たのを感じたが、あえて気づかぬふりをして課長を見返した。

「……話がある。会議室に来なさい」

課長はパソコンの画面から顔を上げると、僕を真っ直ぐに見据えてそう命じた。

「これから外出なもので……この場ではできない話でしょうか？」

会議室――考えすぎなのかもしれない。が、会議室に入った途端彼に抱きすくめられたことが脳裏を過《よ》ぎり、僕は思わずそう返してしまった。課長はそんな僕のリアクションに一瞬驚いたように目を見開いたあと、淡々とした口調で、

「別にこの場でできないというわけではないよ」

と言うと質問を始めた。

「このビルという担当者と君はどういう仲なのか？」

「どういう……って……単に担当者同士ですが？」

僕の戸惑いなどおかまいなしに課長の言葉は続く。

「なああでの取引はあまり感心しないな」

「もとはといえば、課長のお口添えがあっての結果なのでは？」

「それはそうだが、ここで彼の申し出を受けると、これからもこのＦ社との取引は続けざるを得なくなってしまう。そのメリットはあるのか？」

「確かに二十パーセントの値上がりは大きいですが、Ｆ社の製品は日本での実績もあり、値上がりを理由に切り捨てるには惜しいものがあると思います。値上がりしてようやく他社の価格に追いついた、という程度ですので、これから先もＦ社との取引を続けていくのはメリットとしてはあると思いますが」

「他社の製品と実際比べた上での判断、というわけだな？」

「はい」

頷いた僕に、課長は何か言いたげな視線を向けたが、やがて、

「わかった」

と再び視線をパソコンへと戻した。

「出掛けてよろしいでしょうか」

我ながら嫌みな口調で課長に問い掛ける。

「……ああ。Ｆ社製品と他社製品について、簡単にまとめておいてくれ。そこまで君がＦ社を押すメリットがわかるように。頼む」

「わかりました」

画面から顔も上げずに指示を出した課長に僕も淡々とした口調で答えると、そのまま踵を返してフロアを出た。

「榊原」

エレベーターを待っていると、僕を追ってきたらしい石崎から声をかけられた。

「なに？」

チン、とちょうど到着したエレベーターに乗ろうかどうしようか迷っていると、

「乗れよ。俺はカネおろしに行くから」

と石崎は僕の背に腕を回すようにして無人のエレベーターに一緒に乗り込んできた。キャッシュディスペンサーは地下の社員食堂にあるのだ。

「僕もカネおろしてから行くよ」

そういえば手持ちが殆どなかったことを思い出し、地下二階のボタンを押した僕に、「時間はいいのか？」と石崎は意外そうに尋ねてきた。

「まあね」

もともとあてのある外出じゃない。客先を適当に回って帰ろうと思っただけなのだが、それを言うのはさすがに憚《はばか》られた。どう考えても「なんでそんなことをするんだ」と聞かれるに違いないからだ。

「あのさ」

午後三時ともなると地下二階の社員食堂は明かりも消えて無人だった。いつもは数人待っているCD機の前も無人で、二人並んで金をおろしたあと引き出した札を財布にしまっていると、石崎が僕の顔を覗き込んできた。

「何？」

「何かあった？」

「え？」

『何か』――彼が言いたいのは、僕の課長に対する態度のことなのか、それとも――。

僕は薄暗い社食の中、暗いが故に黒目がちに見える石崎の整った容貌を前に、一瞬頭を巡らせた。僕自身が課長を意識をしすぎているために、彼のこんな問い掛けにもまずそのことが頭に浮かんでしまうが、石崎の頭には課長のことなどないかもしれない。単に僕の体調とか仕事の様子を気遣ってくれているだけかもしれないじゃないか、と僕は、

「何かって？」

と逆に彼に探るような眼差しを向けてしまった。

「いや……」

石崎はそんな僕を見返し、なんと答えようか迷ったようだったが、やがて笑顔になると、

「何もないなら別にいいんだけどさ」

と僕の背を促しエレベーターホールへと向かった。

「そうだ、お前、今晩ヒマ？」

上りのエレベーターを待ちながら、石崎が思いついたように尋ねてきた。

「今晩？」

確か予定は何も入ってなかったと思う。そう答えると石崎は、

「実は藤井が大分ストレスたまってきててさ。ガス抜きしてやろうと思ってるんだけど、お前も来ない？」

と僕の顔を覗き込んできた。

「あんまり早くは出られないけど……」

「それはお互いさま。ま、残業のあと会社の近所で……って感じかな」

到着したエレベーターに乗り込みながら、僕は、

「藤井、たまってるの？」

と、少しも自分が気づかなかったことに内心驚きつつ石崎に尋ねた。

「まあねえ。新課長との一発目があれだろ？　ああ見えて藤井も小心者だからさ、萎縮《いしゅく》しちゃってるみたいなんだよな」

石崎が腕組みしながら答えてくれるのに、そうだったのか、と納得している自分が情けない。この数日、自分のことにかかりっきりになっていて、周囲に目を配る余裕がなかったこ

とが、この優秀すぎる同期の前では恥ずかしくなった。

ちょうどエレベーターが一階に到着したのを機に、「じゃあ今晩」と了解したことを伝え、それじゃな、と片手を挙げて、エントランスに向かって駆け出した。

「ああ、あとでな」

石崎の声を背中に聞きながら、僕は先ほど僕と課長とのやりとりを心配そうに眺めていた藤井の顔を思い出していた。気を遣う彼のことだから、僕が彼を庇って——といっても実際は少しも庇えていなかったのだけれど——課長とやりあったことを未だに気にしているのかもしれない。今日のあのとんがったやりとりの原因は藤井じゃないのに、と僕は彼や、彼を労《いた》わる石崎に対して申し訳なく思い、これもみんな僕が馬鹿馬鹿しい課長のからかいにいつまでもとらわれているからだ、と反省も新たに、気持ちを引き締めようとした。

『榊原君』

バリトンの美声が僕の耳に甦る。厳しい双眸。考えながら喋《しゃべ》るときの癖なのだろう、少し小首を傾げるようにして真っ直ぐに僕を見据える黒い瞳——。

「乗らないんですか?」

いつの間にか目の前に停まっていたタクシーの運転手の声に、僕は我に返った。

「すみません」

慌てて車に乗り込み、一体自分は今、何を考えていたのだと頭を振る僕に、「お客さん、どちらまで？」と運転手が不審そうに問い掛けてくる。

「えーと、じゃ、東京駅」

適当な行き先を言いながら、こんなことをしている余裕はないはずなのに、と僕はまた一人深く溜息をついた。まるで時間つぶしのような外出をする自分を反省し、せめて行っただけの成果は上げられるようにしよう、と携帯をポケットから取り出すと、これから向かう客先の担当者にアポイントメントの電話をようやくかけ始めたのだった。


その日の夜、八時過ぎに僕と石崎と藤井は揃って社をあとにした。あまり社員たちが使わない、雰囲気と味のいい店を石崎は既に三人で予約していた。

「まあ、合コンでもいいと思ったんだけどさ」

今日は藤井の愚痴大会ってことで、という石崎の音頭でとりあえず乾杯し、僕たちは最初はどうということもない世間話をぐだぐだと続けていた。『愚痴大会』と言われても、そう簡単に愚痴など零せるものではない。藤井が愚痴らしい愚痴を口にし始めたのは、店に入ってから一時間後、酒も随分進んだ頃になってからだった。

「なんか、何やってもダメ出しを食らうような気がするんですよねえ」

半分泣きが入っているその言葉に、僕も石崎も型どおりの、

「そんなことはないだろう」

と相槌を打ったのだったが、藤井は僕たちの言葉に耳も貸さず、

「新課長が優秀なのはわかりますよ。でも、最初にダメと思った部下は、何やってもダメって思ってるんじゃないかって、どうしても思えちゃうんですよねえ」

と自棄《やけ》のようにグラスを呷《あお》った。

「いや、それはないと思うよ」

藤井は一生懸命なだけに、思い込みの激しいところがある。こうと信じた道を突き進むその真剣さが客先にも受けてはいるのだが、方向性を間違えるととんでもないことになるというリスクもあった。石崎などはその軌道修正を本人も気づかぬように上手くしてやれるのだが、まだ僕にはそれだけの度量がない。が、せめて彼のこの課長に対する思い違いくらいは正してやろうと、僕は藤井の顔を覗き込み、一週間前、課長が僕に言った言葉を思い出しつつ話を続けた。

「課長はさ、『成果のない努力は無駄だ』って確かに言ったけれど、それは決してお前を否定したわけじゃないんだよ。自分の部下には無駄な努力はしてほしくないって、正しい方向に部下を導いてやるのが課長である自分の仕事なんだって、そう言ってたぜ？　そのためには互いに信頼関係を築くのが大切だって……だからお前もさ、ダメなんて言ってないで一度

課長とじっくり話してみたら……」

「お前はいつ、課長とそんな話をしたんだよ？」

不意に隣から石崎にそう突っ込まれ、僕は驚いて思わず彼を見返してしまった。

「いつ？」

「そ。最近、課長を避けまくってるお前が、いつそんな話を課長に聞いたのかな？」

石崎も随分飲んでいるはずなのに、その顔は少しも酔いを感じさせなかった。

「別に避けまくってなんていないよ」

「いえ、避けてると思います」

今度は藤井だ。一体今日はなんなんだ。藤井の愚痴大会じゃないのか、と二人を睨んだ僕に、石崎と藤井は両サイドから次々と質問を浴びせてきた。

「一体何があったんだよ？　ここんとこ、お前なんだかいつも上の空でさ」

「そうですよ。絶対様子がおかしいと思います」

「課長と何かあったんじゃないか？」

「今日だって殆ど口論になりかけてたじゃないですか」

「何もないって！」

ダン、とグラスをテーブルに叩きつけ僕が大声を出すと、ざわついていた店内が一瞬しん、となってしまった。他の客の注目を集めたことも恥ずかしく、僕は声のトーンを下げると、

「一体何？　今日は藤井のガス抜きじゃないのか？」

とまず藤井を睨み、続いて何か口を開きかけた石崎を睨んだ。

「すみません……」

途端に恐縮してくれたのは藤井だけで、石崎は僕の睨みなど軽く受け流すと、

「課長と何があったんだ？」

と僕の顔を覗き込み、同じ問いを重ねてきた。

「何もないよ」

「嘘つけ」

「だいたい『何か』ってなんだよ？」

グラスを一気に空けると、横から藤井が手を伸ばし、僕に水割りを作ってくれた。

「それを聞いてるんじゃないか」

石崎も無言で藤井にグラスを差し出す。だから今日の主役は藤井だろう、と言いかけた僕に、石崎は溜息をつくと、

「ま、何があったにせよ、あと数カ月の付き合いだから別にいいんだけどさ」

と思いもかけないことを言い出した。

「え？」

あと数カ月の付き合い、というのは誰と誰のことなんだろう、と僕は藤井に渡された酒を

水のように喉《のど》へと流し込む石崎をまじまじと見つめてしまった。

「課長だよ。なんでも、ロスの矢上課長の後任が他社の引き抜きにあって、会社を辞めてしまったんだそうだ。急に空いたポストの穴埋めに困ったロス支店長からウチの部長宛に、矢上課長を戻してほしい、という要請があったらしいぜ」

思ってもみなかった石崎の言葉に僕は心底驚き、大きな声で問い返していた。

「本当か？」

「ああ、人事にもウラとった。今、管理職の間じゃ大騒ぎさ」

石崎はそう肩を竦めてみせ、「できる男は引き合いも多いからなあ」とわかったようなことを言っている。

「……戻るのかな？」

なぜ自分の声が震えているのか、自分でもよくわからないままにそう問うと、石崎は、さあ、と首を傾げながらも、

「まあ本人の希望もあるだろうが、うちは儲かってないからな、ロスの支店長の要請じゃYESと言うしかないような気がするけどな」

と言ったあとに、再び僕の顔を覗き込んできた。

「なに？」

「……お前、真っ青になってるぞ？」

言われて初めて僕は自分がどれだけ動揺しているかに気づいた。

「そんなことないよ」

無理やり笑おうとしても顔が引きつる。石崎はしばし無言で僕を見つめていたが、やがてなんでもないことを言うような口調で僕に笑いかけてきた。

「何？　ショック？　ショックなの？」

「ショック？　何が？」

石崎だけじゃない、傍らにいる藤井の視線も痛いほどに感じながら、僕も極力なんでもないような口調で笑い返そうと試みる。だが、我ながらどう聞いても僕の声は震えていたし、笑顔は歪んでいるに違いなかった。

「課長がロスに戻ること」

『ロスに戻ってしまう』——口に出された途端、それが現実になるような気がして僕は、

「よせよ」

と石崎から顔を背けそう言い捨ててしまい、そんな自分に驚いてまた彼の顔を見やった。

石崎も驚いたような顔で僕を見返している。

「……ごめん」

何を詫びているのかわからないままに頭を下げる僕に石崎は、

「……いいけどさ」

と引きつったような笑いで答えてくれたあと、

「……虫が好かないんじゃなかったっけ？」

と静かに言葉を繋いだが、僕は聞こえないふりをして再びグラスの酒を呷った。

矢上課長がロスに戻る——。

なぜ、そのことが僕にこんなにも衝撃を与えるのだろう。

かえってせいせいするんじゃないのか。いくら『理想の上司』とはいえ、あんなに人格が破壊された男と、できる顔と同じくらいインパクトのあるスキモノの顔を持っているあんな男と、上司と部下という『関係』を断ち切ることができるのだ。ラッキーなことじゃないか、と思いながらも気づけばグラスを持つ僕の手は驚くほどに冷たくなっていた。

「榊原？」

カラになったグラスを取り上げようとした石崎の声に我に返る。

「なんでもない」

そう——なんでもないことじゃないか、と僕は勧められるままにグラスを重ね、

「もうすぐあの課長とお別れなら、悩むことなんかないじゃないか」

と言っては藤井の背中をばんばんと叩き、

「なんでそんな嬉しい話、教えてくれなかったんだよ」

と石崎に絡みに絡み、そろそろ終電、という時間になって店を出るときまで、すっかり大

人しくなってしまった二人の数倍は一人で騒ぎまくってしまったのだった。

「タクる？」

いつものように朝、車で送ってやるけど、と石崎に言われたが、そのとき僕は会社に携帯電話を忘れたことに気づいた。充電しようとホルダーに差してきたままにしてしまったのだ。

「まだ電車あるし、大丈夫」

会社でケータイをピックアップしてから帰る、と言うと、石崎はついてこようとしたが、

「いいって」

と僕は笑ってそれを制し、二人をタクシーに押し込んだ。

「それじゃな。お疲れ」

「お疲れ様でした！」

「お疲れ。明日も早いんだよな」

笑顔で二人に手を振り、彼らの車を見送ったあと、僕は一人大きく溜息をつくと会社に向かって歩き始めた。

石崎のありがたい申し出を断ったのは、一人になりたかったからだった。矢上課長がロス

に戻る——ふとした瞬間瞬間にその思いが僕の脳裏に立ち上る。

ロスか——。

遠いな、という思いと、なぜ課長は僕に教えてくれなかったんだ、という理不尽な憤りがそのたびに胸に込み上げてきて、僕を愕然《がくぜん》とさせていた。

人事のことを部下に敢えて事前に知らせる上司などいないだろう。その上、この一週間というもの、僕の方が課長を避けに避けていたのだから——。

僕が避けに避けていた、ということにすら彼は気づかなかったかもしれないな、と思ったとき、僕の胸はなぜか酷く痛んだ。一体なんでこんなことをいつまでもぐるぐると僕は考えているというんだろう。酔ってるせいかな——少しもそんなことを思っていないくせに、そう無理やり自分を納得させると、僕は会社の通用口から社員証を見せて中に入り、ふらふらしながらエレベーターを待った。夜中だけにすぐに来たエレベーターに乗り込んで指定階を押し、壁に凭《もた》れかかると再び僕は、はあ、と大きく溜息をついた。

ロスか——。

チン、とエレベーターが到着し、まだ灯りのついている自分のフロアに入った僕は、驚いて声を上げそうになってしまった。無人のフロアで一人パソコンに向かっていたのは——矢上課長だった。

「どうした？」

僕の姿を認めた課長が、くす、と笑いながら席を立ち、僕の方へと近づいてきた。

「……携帯を忘れまして」

硬い口調でそう返すと僕は自席へと向かい、机の上のホルダーから携帯を抜き取った。

「お先に失礼します」

「なんだ、もう帰るのか」

頭を下げて踵を返した途端に不意に後ろから右手を摑まれ、驚いて振り返ったところを抱き締められてしまった。

「なっ……」

慌てて身体を捩ったが、そのまま僕は自分の机の上に押し倒されていた。

「何やってるんですっ」

ペンが、定規《じょうぎ》が、音を立てて床へと落ちる。背中に書類の束を感じ、慌てて身体を起こそうと暴れたが、課長はそれを許さず、体重で僕の動きを制しながらじっと顔を見下ろしてきた。

「やめてください」

久々に顔を合わせた課長の眼差しにどきりとしてしまう。こんなに胸の鼓動が速まるのはさっきまで飲んでいたアルコールのせいだろうか、と僕は自分で自分を持て余し、それを誤魔化すかのように大きな声を上げると、課長を睨みつけた。

「……いつまで拗《す》ねているんだ」

やれやれ、といった口調で課長が僕に顔を近づけてくる。

「拗ねる？？」

何を言ってるんだ、と更に大声を出した僕に、

「いい加減、機嫌を直してくれてもいいだろう」

言いながら課長は僕と唇を合わせようとした。

「やめろって言ってんだろっ」

顔を背け、手は彼の胸を力一杯押し上げる。その両手首を捕らえられ、ぎょっとして顔を上げた僕に向かって課長は、

「焦《じ》らされるのは好きじゃないんだ」

と言ったかと思うと、何を言ってるんだ、と怒声を上げかけた僕の唇を塞いだ。

「……っ」

噛みつくようなキスに怯《ひる》んだ僕の身体の上を課長の右手が滑る。きつく舌を吸われたのと同時に、服越しにぎゅっとそこを握られ、その手を避けようと大きく身体を捩ったのだが、かえってそれは彼の手が更に自分の下肢へと滑り込むのに手を貸す結果となってしまった。

「……やっ……」

その場所を察した課長の親指が先端をなぞる。彼の動きを制しようと片脚を上げると、逆

に残りの指が僕のスラックスの上から後ろへと回り、ぐっとそこにめり込んできた。
「……っ」
尻《しり》を摑まれたような形になり、ぞく、と悪寒に似た感覚が背筋を上る。思わず目を開いて
唇を塞ぐ課長の顔を見上げると、課長はようやく僕から唇を離し、はあ、と小さく溜息をつ
いた。
「……怯《おび》えた目で見ないでくれ」
「……っ」
誰が怯えさせてるんだ、というか、誰が怯えてるっていうんだ、と僕は叫ぼうとしたが、
身体が竦んで動けないのも事実で、そのまま無言で課長を見上げていると、再び課長の唇が
僕の唇へと落ちてきた。
「……やめてください」
掠れた声が自分のものだと思う間もなく、唇を包み込むような優しいキスが僕の声を遮っ
た。
優しい――――？
自分の頭に浮かぶ言葉の不自然さに一人首を傾げる。いつの間にか両手首を捕らえていた
彼の手は外れていたのにもかかわらず、僕は抵抗するのも忘れ、彼の身体の下でキスを受け
止め、彼の細く長い指が髪を梳《す》く、その柔らかな感触に目を閉じ身体を預けてしまっていた。

「…………」

唇が離れたのを感じ、薄く目を開くとそこには僕を見下ろす課長の優しげに細められた目があった。途端に僕は、一体自分は今、何をしていたんだと我に返り慌てて彼の胸を押し上げ、身体を起こそうと試みた。

「なに？」

「悪ふざけはやめてくださいっ」

羞恥からか怒りからか、かあっと頭に血が上ってしまい、僕はがむしゃらに彼の腕から逃れようと手足をばたつかせた。

「誰がふざけてるっていうんだ」

「ふざけてないっていうんですかっ」

抵抗すればするだけ、強く抱き締められてしまう。

「ふざけているわけがないだろう」

溜息混じりにそう囁かれたときには、僕は抵抗するのにも疲れ果て、ぐったりとその腕に身体を預けてしまっていた。

「……嘘だ」

「なぜ嘘と思う？」

僕の抵抗がやんだのを察し、課長は僕を捕らえる腕を緩めるとじっと顔を見下ろしてくる。

「……僕をからかって……大笑いしたじゃないか」

「あんまりお前が可愛《かわい》かったからだ」

「可愛い？」

馬鹿にするな、と再び憤りかけた僕を課長はまた押さえつけると、

「ああ、可愛い。初めて会ったときからずっと可愛いと思っていた」

とあまりに真剣な口調で続けたものだから、僕は半ば呆れてまじまじと彼の顔を見上げてしまった。

「……最初の会議で、お前が後輩のために真っ赤になって怒ってみせた、あのときからずっとお前のことは気になっていた」

一体課長は何を言い出したのだろう。戸惑いが僕の抵抗を封じ、僕は課長に押し倒されている不自然な体勢のまま、彼の言葉の続きを待った。

「人のことなのにあんなに真剣に怒るお前を可愛いと思った。真っ直ぐに俺にぶつかってくる素直なところも、思ったことを言わずにはいられない我慢のきかないところも、何にでも一生懸命なところも、綺麗な顔に似合わず喧嘩《けんか》っ早いところも、何もかもが可愛くて仕方がなかった。からかい半分で裸に剝《む》いたあと、冗談だ、と笑って済ませるつもりがつい度を越してしまったのも、あまりにお前が可愛かったからだ。初めて会ったときから俺はお前に――」

「嘘だ」

思わず彼の言葉を遮ってしまった僕は反対に、

「嘘なもんか」

と力強く抱き締められ、またも言葉を失った。

「初めて会ったときから、俺は――」

「嘘だ」

「聞け」

はあ、と大きく溜息をつくと、課長は真っ直ぐに僕を見下ろした。

「どう言えば信じるんだ？」

「……だって……」

僕は頭が混乱してしまっていた。『可愛い』って、この僕が？　初めて会ったときから僕を可愛いと思っていた？　あんなに生意気を言った僕を？　そして僕にあんなに嫌みを言った彼が？

何がなんだかわからない。それよりわからないのは、こんなに近く顔を寄せていることが嫌でもなんでもないことで、戸惑いから僕は尚も言葉を失い、じっと彼の顔を見上げていた。

「……好きなんだよ」

彼の唇が落ちてくる。嘘だ、と反射的に言いかけた僕はその言葉に驚いて、

「好きっ？？」

と大きな声を上げていた。

「好きでもないのに、普通こんなことすると思うか？」

呆れたようにそう言うと、課長はまた僕の下肢に手を伸ばしぎゅっとそこを握り締めた。

「そりゃそうだけどっ……」

ぎょっとして身体を竦ませたが、そのとき課長に握られた自身がズキン、と疼いたのがわかり、僕は尚更に動揺したのだと思う。気づいたときには自分でも思いもかけないことを叫んでしまっていた。

「ロスに戻ってしまうくせにっ」

「なに？」

驚いたように見開かれた課長の目が真っ直ぐに僕を見下ろしてくる。

「…………」

なぜそんなことを言ってしまったのだろう、と戸惑い顔を見上げていた僕に、課長はくすりと笑うと、

「……戻ってほしくないか？」

と囁き、そっと唇を落としてきた。

『戻ってほしくない』――僕はそう思っているのだろうか――？

自分で自分の気持ちがわからない。

自分の——気持ち？

思わず目を閉じ、彼の唇を受け止める。

「好きだ」

微かに唇を離し、矢上課長が囁いてくる声に誘われるように、僕は彼の背に自分の腕を回してしまっていた。

ロスへなど戻ってほしくない——離れたくないという思いそのままに僕は彼の背をぎゅっと抱き締め、それに応えるように課長が僕の身体を抱き寄せる、その力強い腕に身体を預けてしまったのだった。


タクシーに乗せられたときも、僕はなんだかぼんやりしてしまって、自分がどこに向かっているのかわかっていないような状態だった。あのあと警備員が見回りにきた気配を察して僕たちは机から起き上がり、何ごともなかったかのようにそれぞれに片付けを済ませた。

「帰るぞ」

背中に回された手が熱い。はい、と頷きながら、僕は課長に促されるがままに同じタクシーに乗り込み、彼が恵比寿の住所を告げるのをぼんやりと聞いていたのだった。

『好きだ』

囁かれた言葉は現実に聞いたものなのだろうか。現実だからこそ、僕はこうして課長と同じタクシーに乗り込んでいるのだろう。

『好きだ』

僕は課長を——どう思っているのだろうか。

好きか、と言われれば違う、と答えるような気がしていた。では嫌いか、と言われれば、わからない、としか答えられなかった。

それでも彼がロスに戻るかもしれないと思ったときには、石崎が眉を顰めるほどに動揺してしまったのも事実で、こうして彼に促されるままに同じ車に乗り込み、彼の家に向かっているのも事実で——。

「ついたぞ」

恵比寿のマンションにはあっという間に到着したようで、僕は課長に言われて我に返ると、支払いを済ませて先に降り立った彼のあとについて、彼の部屋へと向かった。

パチ、とリビングの明かりが灯される。一度しか来たことがない部屋のはずなのに、なぜか酷く懐かしいような気がして、ぐるりとあたりを見回した僕は、その場で課長に抱きすくめられてしまっていた。

「……好きだ……」

課長の囁く声を耳元で聞きながら、やはりまだ夢の中にいるような気持ちで彼の背中に腕を回す。コートも脱いでいなかったその背をぎゅっと握り締めると、課長は少し身体を離して僕を見下ろし、唇で僕の唇を塞いだ。

「……っ」

彼の舌が歯列をなぞるようにして僕に口を開かせ、舌を捕らえてきつく吸い上げてくる。びく、と震える身体を抱き寄せる力強い腕に思わず体重を預けた僕は、その場で彼に抱き上げられてしまった。

「わ」

長じてから人に抱き上げられた経験などない僕にとって、この高さは脅威だ。バランスを失い課長の首にしがみつく僕の耳に、

「我ながら性急だと思うよ」

と課長は意味不明なことを囁くと、僕が聞き返すのを待たず隣の部屋へと足を進めた。

僕を抱き上げたまま器用にドアノブに手をかけ、部屋のドアを自分の背中で押し開ける。

「………」

そこはやはり、一度だけ来たことがある彼の寝室だった。思わず彼の顔を見やった僕に課長は、

「俺はもう我慢も限界だが……どうする？」

と少し困ったような顔をして笑いかけてきた。

「どうするって……」

ここまできて、これから何をするんですか、と聞くほど僕も純情ではない。そもそも彼についてきた時点でこうなることはきっと覚悟していたわけで、それでもそれが自分の望みかと聞かれると、わからない、としか答えられないわけで――。

「……どうしよう」

まさに心の声、といった僕の言葉に課長は吹き出すと、

「まかせてもらおう」

と笑い、大股でベッドに近づいていった。

そっとシーツの上に下ろされ、緊張に強張る身体に、コートとスーツの上着を脱いだ課長が覆い被さってきた。唇を塞ぎながら、彼の手が僕のタイにかかる。それを引き抜くときに立てられたシュルリという音の生々しさが、羞恥と相俟《あいま》って僕の身体をますます強張らせた。

「……どうした」

唇を離し囁いてくる課長に、わからない、と首を横に振った僕は今更のように煌々と灯りがついたままであったことに気づいて、

「灯りを……」

消してほしい、と呟き、それがまるで自分がこれからなされる行為を待ち侘《わ》びているようなニュアンスを持った言葉だということに気づいて、羞恥に顔を赤らめた。

「……このままでもいいだろう」

くす、と笑いながら課長は尚も僕の唇を塞ぎ、シャツのボタンに手をかけてくる。嘘だろ、と抵抗しようにも体重で押さえ込まれて身動きがとれず、仕方なくぎゅっと目を閉じた僕から慣れた手つきで課長は衣服を剝《は》ぎ取ると、あっという間に僕を全裸にした。

「………」

不意に身体の上が軽くなり、僕はそっと目を開いて課長の姿を捜した。手早く自分の服を脱ぎ捨てている彼の背中が見える。長い脚。背中から腰に流れるラインがまるで彫像のように美しい。これだけの裸体なら灯りの下に晒しても恥ずかしくないのだろうな、などと呑気なことを考えながらぼうっと彼の身体に見惚れてしまっていた僕は、すべてを脱ぎ終え僕の方へと向き直った課長と思い切り目が合ってしまい、慌ててまた両手で顔を覆うとぎゅっと両目を閉じた。

「……恥ずかしがるのもいいけどな」

顔は見せてくれ、と課長は無理やり僕の手を退かすと、僕の瞼に、頰に唇を落としてくる。優しげなその感触に相反するように、下肢に押し当てられた彼の雄は既に熱く形をなしていて、彼が身体を動かすたびにそれは僕の腹を擦り、ますます熱く硬くなってゆくように思えた。

「…………」

怖い――ここにきて『怖い』はないだろう、と自分でも思う。が、僕の心に芽生えたのは説明のできない恐怖だった。ますますぎゅっと目を閉じ身体を強張らせてしまった僕の様子を察した課長は、

「どうした」

と囁きながら、唇を僕の首筋へと落としてきた。首筋から胸へとゆっくりと肌を辿っていった唇が僕の胸の突起を捕らえる。

「……っ」

びく、と身体が思った以上に反応したことに驚いて目を開いた僕の視界に入ってきたのは、自分の顎のあたりで蠢《うごめ》く課長の黒い髪だった。片手で僕の乳首を弄《いじ》りながら、舌先でもう片方を転がすように舐《ねぶ》り、ときに軽く歯を立ててくる。

「や……っ」

ぞわぞわとした感覚が背筋を這い上ってくる。男の胸に性感帯があるなんて聞いたことがなかったが、この感触はやっぱり『快感』と言っていいんだろう。彼の腹と自分の腹の間に挟まれた自身の雄が次第に硬さを増してくる。それに気づいた課長はもう片方の手を下ろしてゆくと、僕をやんわりと握り締めた。親指と人差し指の腹で先端を擦るようにして弄られ

ながら、休みなく胸を攻められてゆくうちに、息が乱れ、自分のものとは思えぬ吐息が噛み締めた唇の間から漏れ始めてしまう。

「……んっ……ふっ……」

次第に切迫してきてしまった僕は、それを悟られる恥ずかしさから思わず大きく身体を捩って彼の腕と唇から逃れようとした。が、課長はちらと僕の胸から顔を上げるとにやりと笑い、そのまま唇を下へ落とすと握っていた雄をすっぽりと口に含んでしまった。

「やっ……」

口でやられるのはもちろん僕も嫌いではない――男にやられたことはなかったけれど――が、その様子を目の当《ま》たりにしたことはさすがになかった。課長が僕の視線を楽しむかのようにゆっくりとそれを咥《くわ》えてみせた瞬間、僕はそれだけで達しそうになるほどに自分が酷く昂《たか》まるのを感じた。シーツを握り締め、射精を堪えた雄を、課長は僕の目を見上げたままその口で抜き差ししてみせる。先端に舌を絡めてきつく吸ったかと思うと、唇に力を込めながら喉の奥まで飲み込んでゆく。ぬらぬらと妖《あや》しく光るのは彼の唾液《だえき》か、それとも僕の先端から零れ落ちる先走りの液なのか――目を逸らせたいのにどうしても僕は自身の雄から目を逸らすことができなかった。鈴口を舌で割られるようにして執拗《しつよう》に舐られ、竿《さお》を扱き上げられると僕はもう我慢できずに、

「出るっ……」

と無意識に叫びながら、身体を大きく振っていた。

「出せ」

一瞬雄から口を離すと、課長は短くそう言い、尚も僕自身を攻めたてる。

「……っ」

駄目だ、と思った瞬間、僕は課長の口の中で達し、尚も課長にそれを吸い上げられて、低く声を漏らしてしまった。どくどくと先端から流れ出る僕の精液を零すことなく彼はその口で受け止め、飲み下した。彼が僕の雄を口から取り出し、あたかも清めるかのように舐め取っている様子を見ているうちに、早鐘のような鼓動がますますその速さを増してゆく。

「や……っ」

込み上げる羞恥と、快楽の残り火に身体を振る僕を見上げた課長は、くすりと笑うと、

「待ってろ」

と言い残し、ベッドから下りて部屋を出て行った。

どこに行ったのだろう、とぼんやりした頭で彼の姿を追っていた僕は、間もなく戻ってきた全裸の彼が、その手に何かの缶を握っていることに気づいた。

「……どう考えても経験なさそうだからな」

苦笑するように笑った課長は、缶を開けるとどろりとした半液状のものを指で掬《すく》い取り、缶をベッドサイドのテーブルへと戻した。

「脚……開いて」

言われるままに両脚を軽く開くと、課長は片手で僕の太腿を掴み、更に脚を開かせた。だいたいの予測がつくだけに、思わず身体を硬くし、課長の指の行く先を目で追ってしまう。

「……力抜けよ」

くす、と笑うと課長は僕に腰を上げさせ、その指を後ろへとゆっくり挿入させてきた。

「……っ」

痛い——顔を顰めた僕に、課長は身体を落としてきながら、

「力、抜いて……」

と囁き、唇を重ねてくる。そんなに簡単に力など抜けるわけがない。彼が指を差し入れようとするたびに逆に力が入ってしまい、進入を妨げるのは別にわざとじゃないのだ。力を抜こうとすればするだけ、強張ってしまう僕の身体は僕自身もどうしようもないが、彼もどうしようもなかったようで、

「……仕方がないな」

と大きく溜息をつくと、指をそこから引き抜いた。

「……」

はあ、と溜息をついたのは僕も同じだったのだが、その中には幾分安堵の意味もあったように思う。が、その安堵を裏切るような行為を彼は僕の身体になし始めた。僕をその場でう

つ伏せにすると、両脚を開かせ、高く腰を上げさせたのだ。

「な……っ」

四つん這いのような格好をさせられた僕が抗議の声を上げるより前に、彼は僕の尻を摑んでそこを広げると、また指を挿入させてきた。

「ん……っ」

強張りそうになる僕の背にゆっくりと覆い被さり、耳元に唇を寄せ囁いてくる。

「……力、抜いて」

耳朶《じだ》を嚙まれ、びく、と身体が震えたと同時に、彼の指が一段と深く挿入されたのがわかった。わ、と思ったときにはまた身体に力が入ってしまったのだったが、彼のもう片方の手で胸を弄られながら耳を舌で舐られてゆくうち、僕の息はまた上がり始め、ふっと身体から力が抜ける瞬間瞬間に彼の指は深く僕の中に挿入されていった。

「……んっ」

すっかり挿入しきった指で、彼が僕の内壁を押した。びく、と身体が震え、自身が勃《た》ち上がりかけたのに気づいた僕は啞然として思わず肩越しに彼を振り返った。

「……ここか?」

くす、と笑いながら尚も彼はその場所を指でぐいと押してくる。

「……あっ……」

うそ、と自分でも思うような声が漏れてしまった。自分の身体に何が起こっているのかがわからない。彼の指がそこを圧するたびに僕は身体を震わせ、上がる息を飲み下し続けた。気づいたときには後ろに入れられた指は二本になっていたようで、絶え間なく後ろをかき回されてゆくうちに、今まで感じたことのない、もどかしいような気持ちいいような、逆に気持ちが悪いような感覚にとらわれてゆく。不意に後ろから指を抜かれたとき、僕は自分の後ろがそれを惜しむかのようにひくひくと収縮する感覚に戸惑い、再び肩越しに課長を振り返った。

「……入れてみるか」

屹立《きつりつ》しきった雄を摑み、課長が僕に笑いかけてくる。『はい』とも『いいえ』とも答えようがなく俯いた僕の尻を広げるようにすると、課長は今まで指で慣らしてきたそこへと彼の雄を捩《ね》じ込んできた。

「……痛っ」

慣らされたといっても指とは比べ物にならないその質感に、僕は思わず悲鳴を上げてしまっていた。

「……最初はな……」

痛いだろうな、と申し訳なさそうに言いながらも、課長はずい、と自身を奥へと進めようと腰を突き出してくる。

「無理……っ」

痛みしか感じることができず、彼の身体の下から逃れたくて前へと擦り上がろうとした。

「……大丈夫」

何が大丈夫なんだか、課長はそう囁き、ゆっくり、ゆっくりと自身を挿入させてくる。

「……痛い……っ」

生理的な涙が僕の頬を伝っていた。『痛い』と言ったが後ろの感覚は既になかった。やがてすべてを収めきったのか、課長の動きが止まった。背中に覆い被さってくる彼の重さに低く呻いてしまった僕の耳元に、課長の心配そうな声が響いてくる。

「……辛いか?」

「……」

辛い、と頷こうと思ったのに、僕は知らぬ間に首を横に振っていた。

「……嘘をつけ」

くす、と笑いながら課長が前へと手を伸ばし、やんわりと僕を握ってくる。

「…………」

そう——辛いはずなのに、僕は彼を後ろに感じていることに、なんともいえない充足感を覚えていた。背中に感じる彼の胸の温かさも、耳元で囁かれる声の優しさも、僕を握るその細く長い指の感触も、何もかもがなんだか僕に、泣き出したいほどの満ち足りた思いを抱かせてくれていたのだ。

『好きだ』

今、同じ言葉を囁かれたら、僕はきっと頷いて答えたに違いない。

『僕も』

僕は首を回して、覆い被さる課長を真っ直ぐに見上げた。視線に気づいた課長が僕の顔を覗き込んでくる。

「……そんな顔をされると……我慢がきかなくなる」

ぎゅ、と自身を握られ、僕は黙って小さく頷くと、くちづけをねだるために目を閉じ、尚も彼へと顔を向けた。

「……誘うな」

笑って唇を落としてきた課長が僕を扱き上げながら、ゆっくりと腰を前後させ始める。

「……っ」

痛い、と感じたが、口にしようとは思わなかった。唇を噛み締めてその重い痛みに耐えながら、僕はこの苦痛に彼が気づかぬことを祈りつつ、彼の唇を貪《むさぼ》ることに意識を集中させようと必死になっていった。

やがて彼は僕の後ろで達したようだった。ずる、と雄を抜いたあと、後ろから僕を抱き締めてきた課長が耳元に唇を寄せ、囁いてくる。

「……好きだ」

うん、と頷いたとき、後ろから彼の精液が流れ出し、シーツを濡らしたのがわかった。彼が僕の中で達した印だ、と思った途端、僕はなぜか本当に泣き出したいような気持ちになり、ぎゅっと回された彼の手を抱き締め返した。

「……好きだよ」

囁かれる声が更に僕の涙を誘う。うん、とただ黙って頷く僕に、課長は何度も何度も「好きだ」と囁き続けてくれたのだった。

5

「シャワーでも浴びるか」

しばらくそうして抱き合ったあと、課長は身体を起こすとそう笑って僕を見下ろした。

「うん……」

頷いて僕は起き上がろうとし——後ろに感じるあまりの違和感に顔を顰め、再びベッドに倒れ込んでしまった。

「……立てない？」

くす、と笑った課長が僕の腕を取り、抱き上げようとしてくるのに、

「大丈夫」

と答えながらも僕は自分の身体の変調に戸惑いを隠すことができないでいた。

「無理するな」

課長は強引に僕を抱き上げると、そのまま浴室へと向かって歩き始める。

「……ほんとに……」

思わずぼそ、と呟いた僕の顔を、課長は、なに、というように覗き込んできた。

「いや……こないだは本当に何もなかったんだな、と……」

『なにか』があったら、こうなっていたわけだ、とヘンなことで納得している僕の様子がよっぽど彼のツボにはまったらしい。

「本当にお前は……」

課長は声を上げて笑いながら抱き上げた僕の身体をぎゅっと抱き締め直すと、

「なに?」

と驚いて彼にしがみついた僕の頬に、

「……可愛すぎるぞ」

と音を立ててキスをした。


「あの日、全裸のお前に手を出さなかった俺の自制心を褒めてほしいもんだよ」

彼に助けられながらシャワーを浴びたあと、新しくしてくれたシーツに全裸で横たわる僕を抱き締め、課長がそう笑いかけてきた。

「……全裸にする時点で自制心がないんじゃあ……」

正当な僕の突っ込みは軽く流され、課長は僕の頬に、髪に唇を押し当てるようなキスをし僕の身体を抱き締める。

「……好きだ」

何度囁かれても、なんだか信じられない思いがする。それでもこうして彼と裸で抱き合っていることはまさに現実の出来事で、手を伸ばした先にあるこの身体は現実の彼のもので――思わずぎゅっとその背を抱き締めると、

「ん？」

と課長は僕の顔を覗き込み、微笑みかけてきた。

「…………」

僕の脳裏に、石崎から聞いた課長のロス赴任の話が甦る。この腕も、僕を見つめるこの瞳も、間もなく遠くへと行ってしまうものなのか、と思うだに息が詰まるような思いがする今、僕は自分の気持ちをはっきりと自覚していた。

そう――僕はきっと、課長のことが――好き、なのだ。

虫が好かないエリートぶりも、二重人格としか思えないスキモノの顔も、頭の回転の速さも、ついでに手の早さも――きっと、僕はこの矢上課長のことが、いつの間にか好きになってしまっていたのだろう。

いや、『いつの間にか』ではなかったのかもしれない。出会ったそのときから、僕は強烈に彼に惹《ひ》かれてしまっていたのかもしれない。だからこそ、今まで他人に感じたことのない『虫が好かない』という感情を抱いたのかもしれないし、何かというと彼につっかかってい

ったのかもしれない。

「なに？」

僕の頬に、唇に、瞼《まぶた》に、キスを落としてくれながら、課長が囁いてくる。

「……ロスに戻るって……本当ですか？」

この腕を僕はいつまで掴んでいられるのか——それを知っておきたかった。先ほどはっきりと答えを聞くことができなかったが、好きと自覚してしまった今、その答えがないままに不安な毎日を送ることなど、僕にはできそうになかったのだ。

「……ほんと、耳が早いな」

課長は驚いたように僕を見下ろしたが、僕が無言で彼の顔を見つめ続けていると、やがてふっと笑って、

「行かないよ」

と抱き締めてきた。

「行かない？」

「確かに話はあったが断った。今は日本を離れたくない」

僕の肩に顔を埋《うず》めるようにしてそう囁いてきた課長の背を、僕は信じられないという思いを胸に抱き締めた。

日本を離れたくないのは、もしかして——。

「誤解するなよ」

不意に課長は僕の身体を離すと、にやりと笑って顔を見下ろしてきた。

「え？」

「俺が日本を離れたくないのは、課長としての成果を何ひとつ上げないまま、もとの仕事に戻りたくない、そのためだからな」

「………………」

僕は一瞬啞然として彼の顔を見上げてしまった。確かに僕は今、課長が『日本を離れたくない』というのは僕がいるからじゃないかと思ったのだけれど、こんなにも意地悪く図星をさされると、

「わかってるよ！」

とその胸を突っぱねずにはいられなかった。

「どうだか」

にやにや笑いながら課長が僕を再び抱き寄せようとしてくる。

「わかってるって」

負け惜しみを言う僕の耳元で、課長はくすくす笑いながら、

「勿論、お前と離れたくない、という気持ちも二番目にはあったさ」

と囁き、僕の背をぎゅっと抱き締めた。

「…………」

二番目ね、と心の中で呟き、課長の背中を抱き締め返す。

こういう彼だからこそ——きっと僕は好きになったのだろう。

厳しい課長の顔と、僕を抱き寄せるこの力強い腕と、仕事のときの厳しい眼差しと、ベッドの中で僕を見つめる優しく煌《きらめ》く瞳の色と——なにもかも、彼のすべてが僕はきっと——好き、なんだと思う。

「……あのさ」

言いにくそうに呼びかけてきた彼の声に、僕は我に返った。

「……え？」

問い返した途端、腹に押し当てられる彼の雄の熱さに気づき、思わずそれに目を注いでしまった。

「……と、いうことなんで……」

バツの悪そうな顔をして、にや、と笑った彼は、

「また加減するから……もう一回、いいか？」

と僕の顔を覗き込んできた。

「…………」

ここはどう答えるべきなんだろう。ちらと先ほどの苦痛が頭を過ぎったが、それを理由に

断るには、目の前の課長の顔は――魅力的すぎた。

「思い切り……手加減してください」

「了解」

嬉しそうに笑って目を細め、課長が僕に唇を落としてくる。この直後に感じる後悔など僕にはわかるわけもなく、彼の唇を受けとめると僕はその背に回した手にぎゅっと力を込めたのだった。


「榊原君」

うとうととしていたところ名を呼ばれ、びくっと顔を上げた。しまった、会議中だった、と慌てて首を竦めてみても、ロの字形に並べられた机で一斉に課員の注目を集めてしまった今となってはあとの祭りだ。

「……居眠りをするとは余裕だね。早速発表してもらおうか」

毎週金曜日、朝八時に集合して課内会議を行うと決めた当人である、矢上課長が厳しい視線を向けてくる。

「はい……」

気だるい身体をだましながらようやく出社した僕は、ただでさえ散漫になる考えを纏めようと必死で手帳を捲った。鈍痛が残る下肢が辛い。原因はわかりすぎるほどにわかっている。昨夜あのあと、執拗に攻めたてた挙句に一回どころか二回も僕の後ろで達した彼——僕を睨んでいるあの男のせいだ。

「時間がもったいないな。会議のことは前々から通達していたはずだろう。発表案件くらい纏めておきなさい」

それがわかっていながら、遅くまで寝かせなかったのはどこのどいつだ、と僕はそんな意地の悪いことを言う課長の顔を睨みつけそうになり、いけない、と慌てて目線を下へと向けると、

「申し訳ありません」

と殊勝に頭を下げた。横から石崎が、「どうした?」と心配そうに囁いてくるのに、なんでもない、と目で答えると、手帳を捲りながら業務報告を始めた。

「大田病院へは水曜日に工事業者を連れて現調に行ってきました。設置上、特に問題はないとのことで、見込みよりも随分早く工事見積が……」

皆が俯いて聞いている中、ふと顔を上げたとき、真っ直ぐに僕を見つめる矢上課長と目が合った。

「……っ」

ぱちり、とウインクされ、動揺のあまり絶句してしまった僕に、

「どうした？」

涼しい顔で課長が続きを促してくる。

「……すみません」

覚えていろよ、と睨んだ後に、他人にはわからないよう目だけで微笑んでみせると、矢上課長は再び厳しい『課長』の顔になって僕を真っ直ぐに見返した。

このギャップにはこの先もついていていけない気がする。

はあ、と思わず溜息をついてしまった僕に、

「榊原君」

相変わらず厳しい課長の声が飛んでくる。

仕方がない、どっちの顔にも惚れてしまったのは僕なんだから。

そう——厳しい仕事の顔も、スキモノの夜の顔も、部下思いの頼れる上司としての顔も、ベッドで僕を抱き締めるときの優しい顔も、そしてその力強い腕も——そのすべてに惹かれてしまったのは僕なのだ。

ただ、早朝会議の前日だけは『スキモノの顔』と『力強い腕』はカンベンしてもらおう。

密かな決意を胸に僕も『仕事の顔』を取り戻すと、気を引き締めて業務報告を読み上げ始めた。

厳しい仕事の顔を持つ彼には『可愛い』と言われるよりは『よくやった』と言われたい。

そう思った僕の考えを察したんだろうか、課長はふと顔を上げると、わかっている、と僕にだけわかるように唇の端を上げ、にっと微笑んでみせたのだった。

エリート2～departure～

1

「『職務内容について』は、『米国から中・小型の発電機を輸入し、国内ユーザーに販売』……なんだ、一行か？」

「……やめっ……」

「『仕事の量・質についての現状』は『量・質ともに適当』……手を抜いたコメントだなあ」

「……っ……だからっ……」

「『職場環境について。コミュニケーションなど』は？　『特になし』だと？　愛想がないなあ」

「やめてくださいっ……って」

「上司とのコミュニケーションは良好だろ？　オンもオフもさ」

これも『コミュニケーション』の手段であるとするのなら、これ以上に『良好』というか『濃厚』なものはないだろう、と後ろから僕を抱き込みながら、僕の書いた面談書類を読み上げている矢上《やがみ》課長を肩越しに睨《にら》みつけた。

「なんだ？　何か言いたそうだな」

課長は書類をテーブルに置くと僕の耳に唇を寄せて、くす、と笑い、軽く耳朶《じだ》を噛《か》んでくる。

「……っ」

昼日中の応接室、一応施錠はしてあるものの、外の声も隣の会議室の声もまる聞こえのこの室内で、僕は今、来客用ソファに座る課長の膝《ひざ》の上にいた。勿論《もちろん》、もとからこんなポジションをとっていたわけじゃない。五分前まで僕たちは普通に向かい合って、いわゆる『面接』をしていたのだ。

我が社では年に一回、担当業務についてのヒアリングを上司から受ける『自己申告』という制度がある。日常業務や会社生活について、悩んでいること、困っていることなどを相談したり、現在の業務を変わりたい場合はその旨《むね》申し出る機会を与えようという制度なのだが、その『上司との面接』の最中、なぜだか欲情してしまったらしい課長はテーブルを跨《また》いで僕の隣に座ったかと思うと、いきなり僕を膝に抱き上げ、後ろから抱き締めてきたのだった。

「こんなところで」という僕の抵抗も、「鍵《かぎ》をかければいいだろう」と難なくかわされ、わけがわからないうちに僕は煌々《こうこう》と明かりの灯《とも》る会議室のソファで、『セクハラ』では済まないような濃厚な愛撫《あいぶ》を受けることになってしまった。

「……言いたいことがあれば我慢しない方がいい。せっかくの年に一度の機会だからな」

スラックスの上から僕のそれをなぞっていた彼の手が、素早くファスナーを下ろして侵入してくる。

「やめ……っ」

神聖なオフィスで何をやってるんだ、と思う間もなく外へと引っ張り出された自身を激しく扱《しご》かれ、僕は唇を噛んで上がりそうになる声を堪《こら》えた。

「『今の業務を続けたいか？』……どうだ？　続けたいか？」

課長の左手がシャツのボタンにかかり、二つ三つ外したその隙間《すきま》からTシャツ越しに胸の突起を弄《いじ》り始める。

「や……っ……んんっ……やっ……」

抓《つね》るように乳首を愛撫されながら容赦なく自身を扱き上げられ、抑えきれない声が漏《も》れ始めた。このままこの状態が続いたら達してしまう、と僕は必死で彼の腕から逃れようと身体《からだ》を捩《よじ》った。もう雄の先端からは先走りの液が零《こぼ》れ、内腿《うちもも》は痙攣《けいれん》するように震えている。少しでも気を抜けば、テーブルの上の書類にソレを撒《ま》き散らしてしまうほどに僕が昂《たか》まっていることは、そうさせている本人が一番よくわかっているだろうに、尚《なお》もその手を休めようとはしない課長を再び肩越しに睨みつけると、

「どうだ？」

と課長は、僕の視線など軽く受け流し、爽《さわ》やかにすら見える微笑を浮かべて逆に顔を覗き込んできた。

「……続けたくないっ……出るッ……」

我ながら切羽詰まった声で僕が叫んだそのとき、いきなりドアノブががちゃがちゃと回される音が響き、僕たちは一瞬動きを止めて音のした方を凝視してしまった。

「あれ？　鍵がかかってる？」

おかしいなあ、と独り言を言ってるのは同じ課の二年目の事務職、宮元《みやもと》嬢の声だ。続いてコツコツ、というノックの音とともに、

「課長？　アポなしで来客なんですけどぉ？　いらっしゃいますかぁ？」

という彼女の声が室内に響き渡った。慌てて課長の膝から立ち上がり、痛いくらいに勃《た》ちきった自身を無理やりしまって前を閉じる。課長は僕が身支度を整え終わったのを確認すると大股《おおまた》にドアへと近づいていった。

「ああ、ありがとう。この部屋に通してくれるかい？」

ドアを開いた課長は、これ以上はないというくらいの爽やかな笑顔を浮かべ、彼女にそう指示を出した。

「わかりましたぁ」

明るい宮元嬢の声をドア越しに聞きながら、バレなくてよかった、とほっと胸を撫《な》で下ろした僕は、バタン、と音を立ててドアを閉めた課長をじろりと睨みつけた。

「邪魔が入ったな」

にやりと笑った課長が僕の方へと近づいてくる。

「……面接……全然してくれてないじゃないですか」

年に一度の当然の権利をどうしてくれると、言いかけた僕の唇に、課長の唇が落ちてきた。

掠《かす》めるようなキスのあと、ぱちりと片目を瞑《つぶ》って課長が笑いかけてくる。

「続きはまた今夜ウチで。いやってほど喋《しゃべ》らせてやる」

「今夜って……」

決まりすぎたウインクに思わず見惚《みと》れそうになる自分がまた情けない。

「ああ、あっちの続きもウチでな。それこそイヤっていうほど……」

あまりに下品なことを言い出した課長の胸をどん、と突いたところで、「失礼します」とノックの音とともに、宮元嬢が来客を伴い部屋へと入ってきた。

「お忙しいときに申し訳ありませんな」

大手建設会社の副本部長だ。慌てて頭を下げ退室しようとする僕の視線の端に、

「何をおっしゃいますやら……わざわざご足労いただき申し訳ありません」

と、口元から零れる白い歯もまぶしい、完璧《かんぺき》な笑顔の課長の姿が映る。

「実は、今日は折り入ってご相談が」

今まで当社役職員が行くことこそあれ、訪ねてくることなどなかったような取引先VIPに『ご足労』をかけさせる彼。ひと筋の乱れもない髪、理知的で涼やかな目元、見事な体軀《たいく》を仕立てのいいスーツに包んだその姿。『ロス帰りのエリート課長』の呼び名に相応《ふさわ》しい矢

上課長は、実は僕の――恋人だった。

課長と僕との間に関係が生じたのは、今からふた月ほど前のことになる。人事異動でロスから僕のいる課にやってきた矢上課長の第一印象は、はっきりいって最悪だった。ビジュアルも、そしてロスの電力部隊を黒字転換したという経歴が物語る中身もまさに『エリート』そのものだった彼を、僕は最初冷血漢で嫌みなだけの男だと思い込んでいたからである。実際の彼は、冷血漢どころか、部下への思いやりに溢《あふ》れた理想の上司だったのだけれど、いくら『理想の上司』とはいえ、彼とこうして上司と部下以上の関係を結んでしまうことになろうとは、もともと男とそういった関係を――肉体関係を持つ、などということを二十五年の人生の中で考えたこともなかった僕にとっては、それこそ我ながら信じられない展開だった。

なんと課長は、僕と初めて顔を合わせたときから僕のことを可愛《かわい》いと――男として『可愛い』と思われるのはどうかとも思うが――思っていたそうで、そのときから好きだった、と告白してくれたのである。それを聞いたときに僕は、僕の方こそ、彼の第一印象が最悪だったのも、実は彼のことが気になって仕方がなかったからじゃないか、と改めて自分の気持ちに気づいたのだった。課長の言う『好きだ』が精神的なものだけじゃないということは、エリート面の下にスキモノの素顔を隠し持っている彼に、さんざんセクハラめいたことをされたことからも容易に察することができたが、それでも僕が課長の『好きだ』という気持ちを受け入れようと思ったのは、僕もやはり彼のことが、課長と同じ意味で『好き』だったからだと思う。とはいえ、男とは全くその手の経験などなかった僕は、初めて彼に抱かれたとき、こんなに辛《つら》いものだったとは、と愕然《がくぜん》としてしまったのだった。課長は自称バイで、男とも経験豊富なのだそうだが――僕にとってはそれは勿論面白くないことなのだけれど――僕の辛さを察してくれ、不慣れな僕のために随分我慢をしてくれているらしい。

「焦ることはない」

と言いつつ、毎日のように行為を強要するのは言動が一致していない気もするのだが、そのおかげか最近では苦痛だけじゃなく『快感』と呼べるような感覚も彼との行為の最中に得ることができるようになってきて、それが僕を安心させもし、同時に不安にも陥らせていた。

安心は勿論、彼にその種の『我慢』を強《し》いている今の状態を脱しつつあることに対してだが、『不安』は――時折、彼の腕の中で僕はなんだかおかしくなってしまうくらいの快楽に翻弄《ほんろう》されることがある。耳元で聞こえる大きな声が自分の喘《あえ》ぎだとわかって愕然としてしまうこともある始末で、自分が自分でなくなるようで怖い――って、なんだか三流のポルノ小説みたいだが――と思いながらも、気持ちはどんどん課長の方へと傾きつつあり、課長が強引なことも手伝って、今や殆《ほとん》ど船橋《ふなばし》の独身寮には帰らず、恵比寿《えびす》にある課長のマンションに入《い》り浸《びた》る毎日を、僕は送っていたのだった。

『続きはまた今夜』――そうは言ったが、今日課長は接待だった気がする、などと考えながら僕はトイレで自身を落ち着けたあと、自席へと戻った。

「面接、長かったじゃん？」

斜め向かいの席から、同期の石崎《いしざき》が声をかけてくる。

「そう？」

少々ぎくりとしながらそう問い返した僕の横で、新人の藤井《ふじい》が口を尖《とが》らせ会話に参加してきた。

「そうですよ。僕なんか五分ですよ、五分。榊原《さかきばら》さんなんて、二十分は入ってたんじゃないですか？」

何話してたんです、と探るような目を向けてきたのは石崎と藤井だけではなかった。

「榊原も今年から有資格者だからな。その件か？」

向かいの席から、星野《ほしの》先輩が口を挟んできたのだ。

「ああ、そっか。でも榊原、お前英語の点、足りてないんじゃなかったっけ？」

石崎が横から入れてくるツッコミにボケでもかまそうかと思った矢先、

「やっぱりお前も狙《ねら》ってるのか」

真剣としか思えない口調で星野先輩はそう言うと、隣に座る石崎に挑むような視線を向けた。

「そんな、狙っちゃないですよ」

石崎は苦笑し、困ったな、というように僕を見る。

「あ、そうだ、石崎、この間のビルからのメールなんだけどさ」

わざとらしいかな、と思いつつ僕は二人の会話に割り込むように、石崎に仕事の話を振ってやった。

「なに？　なんかまたトラブル？」

言いながら石崎は立ち上がり、机を回り込んで僕の後ろに立ち画面を覗き込んでくる。

「どー思う？　これ」

メールを見せ、ちらと彼を見上げた僕の背を、石崎が、ポン、と軽く叩《たた》いた。感謝の意を示してくれているらしい。

「まあなあ……わからん話じゃないが……」

話題が完璧に移ったことを感じた星野先輩が、僕たちから視線を逸《そ》らせて電話をかけ始めた。

「コーヒーでも奢《おご》るわ」

石崎が耳元で囁《ささや》いてくるのに、サンキュ、と小さく頷《うなず》いて、僕たちは二人して地下二階の社員食堂へと向かった。

「ほんと、助かったわ」

無人の社食で、自動販売機のコーヒーを買ってくれた石崎は、ふざけて僕を拝む真似《まね》をした。

「まあ先輩の気持ちもわからなくはないけど、あそこまでいくともうビョーキだよな」

そう溜息《ためいき》をつき、渡されたコーヒーを飲んだ僕の横で、自分の分を買いながら石崎も大きく溜息をついている。

「で？　どうなの？　ほんとのところは」

ためしにそう問い掛けてみると、石崎は心底嫌そうな顔をして、

「お前までがなんだよ」

と僕を小突く真似をした。

「あちち」

「ああ、悪い」

零しそうになったコーヒーを持ち替えた僕に詫《わ》びたあと、石崎がまた大きく溜息をつく。

「今年が最大のチャンスだし、何より皆が皆行かれるわけじゃないし、僕は手を挙げるのもアリだと思うけど？」

余計なお世話なことを言った僕に、石崎は、

「まあねえ……悩ましいな」

と曖昧《あいまい》に頷き、三度《みたび》大きく溜息をついたのだった。

石崎をこれほどまでに『悩ましく』させているのは、当社の人事制度だった。僕たち若手総合職、三年目から七年目が対象になっている『社内留学制度』——若手の育成のために、アメリカ、ヨーロッパ、アジアの各主要都市の支店で海外でのビジネスを、駐在員の下《もと》で仕事をしながら学ぶという制度なのだが、総合商社に入社するような人間はもともと世界を目指していることもあり、若手なら誰でも一度は夢見る人気の高い制度だった。勿論目指した者全員が行かれるというわけもなく、本部から一人、本部長推薦《すいせん》を受けた者が、更に人事の審査を経て決定するという『狭き門』で、その上最低資格として英語のTOEICが800点以上という条件がある。留学生として手を挙げたければまず英語を勉強し、そして上司への根回しが必要になるのだが、それでも上司に発言力がないとなかなか本部で一人の枠には入れない、というのが実情だった。

だが今年は矢上課長のおかげで、僕たちの課は随分好条件になっているのではないか、と、本部内でも専《もっぱ》らの噂《うわさ》になっていた。しかも海外店舗は彼の前任地であるロスになる確率が非常に高い。海外就学生として実績を積めばそのまま駐在員にスライドするケースもある、ということで、有資格者が目の色を変えるのも無理のない話だった。

その有資格者というのが、課内では石崎と星野先輩の二人で、特に星野先輩は今年で七年目、留学生に応募できるぎりぎりの年次であるために、そろそろ候補者が決まる今の時期、異常にぴりぴりしているのである。石崎の方が仕事ができ課長の覚えもめでたいのでは、という下馬評《げばひょう》が更に彼の『ぴりぴり』に拍車をかけているようだった。何かというと石崎に絡んでくるのが最近では日常茶飯事《さはんじ》になってきており、さすがの石崎も持て余して時折今日のように僕に救いを求めてくる。星野先輩の気持ちもわからないではないが、僕としては、同期なだけに是非《ぜひ》とも留学生には石崎が選出されてほしいと思っていた。

「そんなことよりさ、さっきT建設の本田《ほんだ》副本部長、来ただろ」

自販機から取り出したコーヒーを飲みながら、石崎が話題を変えてきた。

「ああ、アポなしだって？　何ごと？」

「多分建設部の帰りじゃないかと思うんだけどな」

石崎はここでにやりと笑うと、そろそろ戻ろう、と僕を促し、僕たちは二人してエレベーターホールへと向かった。

「今度、うちの会社、豊洲《とよす》で大きな事業計画やるだろ？　その設計施工にT建設が名乗りを上げてるらしいんだよ。ウチとしてはいろんなギブがあって、T建設で決定という方向になりそうなんだな。寮でその話聞いて、逆にT建設の関連会社のリニューアルに発電機売り込めないかと思って、この間プレゼンに行ってきたんだ」

「へえ」

エレベーターを待ちながら聞いた石崎の話に、僕は心底感心してしまった。同期だというのに、僕はまだこの『自分で仕事を作り出す』ことができないでいる。敵《かな》わないな、と思うのと同時に、敵わないじゃ済まないだろう、と発奮もするのだが、常に僕の数歩先を行くこの同期に対して、嫉妬《しっと》のようなマイナス感情を抱《いだ》くことがないのは、ひとえに彼の性格ゆえだった。取引先でも社内でも石崎を嫌いだという者に僕は会ったことがない。よく気がつきフットワークも軽いために取引先からは可愛がられていたし、面倒見がいいために後輩や同期、先輩までも、何かというと皆石崎を頼っていた。矢上課長が同期の中で誰より出世が早かったように、多分僕たちの期では石崎が出世頭なんじゃないだろうか。

「仕込みの結果が出たかな」

チン、とエレベーターの扉が開き、無人の箱に乗り込むと、石崎が独り言のように呟《つぶや》いた。

「わざわざ来るってことは、色よいお返事なんじゃないの？」

世辞《せじ》じゃなくそう言った僕に石崎は、

「俺もそう思う」

とにっと笑って見せた。

「自信家だねえ」

「希望的観測よ」

二人して笑いながらフロアに戻ると、それを待ち侘《わ》びていたかのように宮元嬢が駆け寄ってきた。

「あ、課長が会議しますって！　二〇五のお部屋です」

「会議？」

「T建設は？」

口々に尋《たず》ねる僕らを宮元嬢は、

「さっきの来客が終わってすぐ招集がかかったんですよう。『石崎は？』って課長、捜してましたよ！」

早く早く、とせかしまくり、席に戻る間もなく会議室に向かわされてしまった。

「失礼します」

ノックして部屋に入った途端、室内にいた課員全員の視線が手に持ったままのコーヒーに集まり、僕は思わず首を竦《すく》めた。

「コーヒーブレイクか？」

嫌みな口調で星野先輩が声をかけてくるのに、すみません、と頭を下げ、僕たちは空いていた末席に二人で腰を下ろした。

「……それじゃ、はじめるか」

そんな僕らをじろりと一瞥《いちべつ》したあと、矢上課長が凛《りん》としたよく通る声で説明を始めた。

「今、T建設の本田営業副本部長が来たことは皆も気づいているだろう。建設部の帰りにアポなしで寄ったとのことだが、建設部案件のことは皆、社内イントラでも発表しているからわかっているな？　どんな件だ？　藤井」

いきなり指名された藤井は、椅子《いす》から飛び上がりそうなリアクションをみせたが、やがてぼそぼそした声で自信なさげに話し出した。

「ええと……豊洲でウチが再開発を……」

「そうだ、豊洲再開発の事業体に当社は四分の一参加しているが、商業A棟の設計施工に件《くだん》のT建設を昨日建設部が指名した。本田副本部長は今日、建設部長のところにそのお礼に来たそうだが、わざわざここへ挨拶《あいさつ》に来たのは……」

藤井のあとを継いで話し始めた課長はここで石崎へと視線を向けると、

「石崎、T建設へのプレゼン、見事だったそうだな」

と、片目を瞑ってみせた。

「見事だったかはわかりませんが……」

石崎が嫌みのない口調でそう言い、照れたように笑っている。

「石崎は豊洲がT建設に決定しそうだという情報を得て、T建設の関連会社のリニューアル工事に当課の発電機をスペックインしてもらえないかと、建設部と一緒にプレゼンに行ったんだが、その結果を今、本田副本部長が持ってきたというわけだ」

矢上課長はそう言うとぐるりと僕らを見渡した。隣で石崎がごくりと唾を飲むのがわかる。

「……先ほども言ったが見事なプレゼンだったそうだ。本田副本部長はすっかり乗り気で、設計部に図面を引き直させると言ってくれた。あわせ、『エコロジーを重視したリニューアル』ということで新聞発表も考えているそうだ」

気を持たせるように一瞬口を閉ざしたあと、課長はにっと笑ってそう言うと、僕らを再び見回した。

「凄《すご》い！　さすが石崎さん！」

「よかったな、やったじゃないか！」

僕と藤井が思わず大きな声で叫ぶ中、石崎はほっとしたような顔をして笑うと、

「どうもな」

と小さな声で礼を言い、机の下で僕の太腿のあたりを叩いた。

「やったな」

僕も小声でそう返すと、我慢できずに小さくガッツポーズをとってしまった。

「まあ、建設部の推《お》しているコージェネレーションシステムの部隊とうちとで半分ずつ工区を分け合うカタチにはなったが、規模を考えると当課取り扱いアイテムではそのくらいがいっぱいいっぱいだから、かえって都合がいいだろう。また図面をくれることにはなっているが、概算で大型機を五十台、予算にして四億の受注となった。石崎、よくやった」

矢上課長の言葉に、皆が口々に、

「四億か……」

「凄いな」

と賞賛の声を漏らしている。

「工期が早まっているそうなので、詳細確認後すぐ発注をかけた方がよさそうだ。製造の方は大丈夫なのか？」

課長の問い掛けに石崎は、

「念の為《ため》、事前に申し入れはしてあります。中・大型機は金額が張るだけに発注してからの生産になりますが、五十台であれば納期に充分間に合うとのことでした……工期が早まったのですか？」

と端整な眉を寄せ、逆に課長に問い返した。

「ひと月な」

「大丈夫です。ひと月の余裕をもって問い合わせしましたので。すぐにオーダーを出します」

またも僕はさすがだ、と隣の石崎をちらと見やってしまった。漏れがないというか、それ以上に至れり尽くせりというか――真似できないよなあ、と溜息をつき、ふと周囲を見回したとき、星野先輩が射るような視線を石崎へ注いでいるのに気づいた。憎しみすら感じさせるその視線に、思わず彼の顔を凝視してしまう。僕の視線に気づいたのか、先輩はすぐ目を伏せ、手帳を捲り始めたのだったが、尋常《じんじょう》ではない彼の様子に、僕は説明のできない胸騒ぎが湧《わ》き起こるのを抑えることができなかった。

2

T建設の大型受注は本部長にもすぐに報告がいき、石崎は本部長直々に『よくやった』というお褒めの言葉をいただいたらしい。

『これでまた、ロスへの留学生の道が近づいた』という下馬評に石崎は苦笑していたが、本人も満更でもなさそうなのは長い付き合いから僕にはわかった。あの会議以来、星野先輩がすっかり大人《おとな》しくなったことも、石崎を安堵させていたのかもしれない。毎日のように何かというと絡んできた彼が、最近では嘘《うそ》みたいに淡々と石崎に接し、自分の仕事に邁進《まいしん》している様子は僕をもほっとさせていた。思い込みは激しいが、それほど悪い人ではないもんな、と星野さんに対して感じていた『胸騒ぎ』を内心苦笑していた矢先——事件は起こった。

それは、毎週金曜日の早朝八時から開かれる、課の定例会議の席上のことだった。いつものように業務の報告を石崎が終えたあと、課長が思い出した様子で、

「そういえば、T建設の案件の進捗《しんちょく》はどうだ?」

と突然話を振ってきた。

「はい、先方の指示どおりの納期で大型機五十台の輸入手続きは済んでいます」

自信に満ちた声で答えた石崎に、矢上課長は眉《まゆ》を寄せると、

「大型機五十台だと？」

と問い返した。

「はい？」

今度は石崎が眉を顰《ひそ》める番だった。一体何ごとか、という緊張感が室内に溢《あふ》れる。

「設計変更で中型機七十台になったはずだが……発注の変更はしていないのか？」

「なんですって！」

大きな声をあげたのは石崎だけではなかった。僕も藤井も、その場にいた全員が何が起こったんだ、と顔色を変えざわめいた。

「メールで知らせが来ただろう。荷重の問題でスペック変更になったと……」

「……いえ、見ていません」

石崎は真っ青になっていた。矢上課長は何か言いたげに口を開きかけたが、すぐに、

「そのことはまたあとから相談しよう。すぐメーカーに製造可能かどうかを確認するように」

と何ごともなかったかのように告げると、次、と僕に発表の順番を促した。

「先週は火曜日に室橋《むろはし》医院の現調に行ってきました。延《の》べ床一万二千五百平米《へいべい》、三階建てで……」

まだ動揺は続いていたが、課長の厳しい視線に促されて僕は手帳を読み上げ始めた。ガタン、と隣に座っていた石崎が席を立つ。まだ現地時間は前日の夕方、問い合わせが間に合う

かもしれないと思ったんだろう。発表途中であるにもかかわらず僕は思わず手帳から顔を上げ彼が出て行ったドアを見やってしまった。

「余所見《よそみ》しない。設計施工はどこだ」

途端に課長の厳しい声が飛んできて、僕は首を竦めながら心ここにあらずといった発表を続けたのだった。

「どうした？」

会議が終わっても部屋に戻ってこなかった石崎が、自分の席で難しい顔で腕組みをしているのを見た瞬間、僕は色よい返事が得られなかったのだなと察した。

「やっぱり無理だ。いきなり七十台は難しい」

石崎はそう答え、奥歯を嚙み締めるようにして低く息を漏らした。

「……そうか……」

ある意味それは僕にとっても予想どおりだった。大・中型機は金額が張り、需要もそれほどないために注文生産になるからだ。

「それどころか、大型機五十台だって買い取ってもらわなきゃ困る、と怒鳴られたよ。頭が痛いぜ……」

そう笑った石崎の顔はさすがに引きつっていた。四億分の機械だ。このご時世、他へ回そうとしてもそんな大型案件がいくつも転がっているわけがない。

「それにしても……お前、メール見てないって」

一体どういうわけなんだ、と僕は会議のときから思っていた疑問を口にした。

「まさか見落としがあったのでは、と思ってさんざんさっきから課長の言うメールを探しているんだが、メールボックスに見当たらないんだ。課長にコピーを落としてもらうしかないな……」

「宛先《あてさき》ミスかな？」

「ああ……よりにもよって、そんな大切なメールが……ついてないよ」

やれやれ、と大きく溜息をついた石崎がいきなり立ち上がった。会議のあと、部長に呼ばれた矢上課長が席へと戻ってきたからだ。

「申し訳ありません」

つかつかと課長席へと近づいていった石崎は、まず深々と頭を下げた。

「どうだ？」

冷淡にすら聞こえる課長の声に、課内に一気に緊張が走る。

「やはり七十台一時《いちどき》には間に合わないそうです。無理して生産できて四十台と……しかも以前発注の大型機五十台を購入してもらえば、という条件つきです」

「四十台か……厳しいな」

うーん、と課長は珍しくも眉間《みけん》に皺《しわ》を寄せ、困惑の表情を浮かべている。

「打開策を考えます……申し訳ありませんがスペック変更のメール、ご転送いただけないでしょうか？」

「……やはり来ていない、と？」

矢上課長の眉間の皺が深まった。

「ええ」

きっぱりとそう答えた石崎を課長はしばし無言で見つめていたが、やがて、「わかった」と頷くと、パソコンへと目を移した。今までのやりとりを見守ってしまっていた僕も、なんとなくほっとして自分のパソコンの画面へと視線を戻す。と、そのとき、

「すみません、少しよろしいでしょうか」

星野先輩が立ち上がり、大股で課長席へと歩み寄っていった。一体何ごとだ、と課長だけでなく、石崎も僕も、課員ほぼ全員が彼の動向を見守ってしまった。

「実は別件で、中型機五十台、発注しているのですが、それは納期が随分先なので、T建設分に振り替えることができますが」

軽く頭を下げたあと、上目遣いにそう言った星野先輩の言葉に、僕たちは、

「ええ？」

「なんだって？」

と口々に驚きの声を上げた。

「本当か？」

ポーカーフェイスの課長もさすがに昂奮《こうふん》したような大声を出している。

「ええ、前回の朝会で報告しました、岐阜《ぎふ》の案件と香川《かがわ》の案件、あとは新宿《しんじゅく》のスーパーの三案件などで合計五十台、既《すで》に船積完了してあと二週間程度で到着する予定です。もしよろしければそれを……」

滔々《とうとう》と続ける星野先輩の言葉に被《かぶ》せるように、

「よかったじゃないか、石崎」

「もうどうなることかと思いましたよ」

と課員たちが口々に安堵《あんど》の声を上げ、ほっとした雰囲気が課内に溢れた。星野先輩の得意そうな顔は少々癇《かん》に障《さわ》ったが、この際そんなことは言っていられない。せっかく石崎が開拓した案件に、発注ミスなどという傷がつかなくて本当によかった、と思わず笑顔になってしまった僕は、皆が談笑する中、石崎が一人厳しい顔をして佇《たたず》んでいるのに気づいた。

どうしたんだろう――自分のミスを他人が埋めてくれたという事実が彼の顔を強張《こわば》らせているのか――？

普段の彼であれば、そんなこだわりは持たずに、周囲に迷惑をかけずに済んでよかった、と一緒になって喜ぶはずだった。

それなのになぜ――？　と、ここで僕はもう一人、厳しい顔をしている人物に気がついた。

それは——矢上課長だった。

「問題は大型機の五十台の納入先ですが、それは石崎君に考えてもらうこととして、まずは残り二十台の発注をした方がいいかと」

多分自分の『功労』にいい気になっているのだろう、まったくもって『余計なお世話』なことを星野先輩が言い出したとき、石崎は何か言おうと口を開きかけたが、

「ああ。そうだな。石崎、至急二十台、発注してくれ」

という課長の指示に、「わかりました」と俯《うつむ》き、そのまま席へと戻っていった。

「……どうしたの?」

小声で問い掛けた僕に、あとでな、と石崎は声を出さずに応《こた》えると、そのまま物凄い勢いでパソコンのキーを叩き始めた。

「しかしほんと、ナイスなタイミングだよなあ」

「早め早めの手配が功を奏しただけですよ」

山本《やまもと》さんの言葉に頷く星野先輩の顔は相変わらず得意げだ。その得意げな顔のまま彼がちらと矢上課長を見たのがわかったが、そのとき課長が彼を見返し、にこ、と笑ったのはさすがに面白くなかった。

と、そのときポン、とメールが来た表示が画面に映し出され、慌ててメールボックスを開くと、斜め前に座っている石崎からだった。

『ハメられた』

たった一言のメールに、思わず僕は顔を上げ、え？　と石崎を見たが、石崎はまた仕事に戻ってしまったらしく、黙々とキイを打ち続けている。

『ハメられた』——どういう意味だとそのメールに返信する。

『どういうことだ？』

石崎の手が止まる。多分メールがついたんだろう。と、すぐまた返信がきた。

『今晩付き合ってくれ』

顔を上げると石崎がちらと僕の方へ視線を向けたのがわかった。

『了解』

すぐ返信すると、石崎もすぐ見たようで、また僕を見て、にっと小さく笑ってみせた。僕も彼に笑みを返そうとしたとき、

「榊原君」

いきなり矢上課長に名を呼ばれ、僕は慌ててそちらへと視線を戻した。

「はい？」

「交通費の精算が随分たまっているようだな。期末に一気に上げるなんて真似は今期はしないように」

「……はい」

俯く僕の横で、藤井が首を竦めている。彼は期があけて以来、交通費を全く回していなかったのだが、事務職のベテラン、越野さんに怒られて昨日回したところだったのだ。課長はその認証を求められたために、同じように全く回していない上にまだ手続きもしていない僕に注意を施したのだろう。

こんなふうに怒られることは日常茶飯事だった。交通費に限らず仕事全般、矢上課長のオンとオフのつけ方は素晴らしいくらいにきっちりしていた。関係ができてからは尚一層厳しく会社で僕に接するようになった気がする。僕としても、いくら『好きだ』と言われているからといって――そして、身体の関係ができているからといって、贔屓《ひいき》をしてほしいとか、優しく対応してほしいとかいう馬鹿馬鹿《ばかばか》しい希望は勿論持ち合わせていないのだが、それにしても前より厳しくなるというのはどういうわけなのだろう、と少々不満に思わないでもない。前にその件でクレームをつけたときには、

「お前が可愛いからさ」

などとわけのわからないことを言ってかわされてしまったのだが、厳しい指導に教えられることが多いのも事実であるから、もしかしたら課長は別の意味で僕を『贔屓』してくれているのかもしれないな、と僕は思っていた。

――単にサドッ気があるだけかもしれない、と思わないでもなかったけれども。

ともあれ、常に正当な注意しか施さない課長の命令であるから、と僕は慌ててたまりにた

まった交通費の精算を午前中いっぱいかかって済ませ、午後は外出に来客、と慌ただしく過ごした。石崎も、大型機五十台の売り込みに東奔西走《とうほんせいそう》していたらしい。二人がなんとか落ち着き、やれやれ、とデスクで顔を合わせて笑い合うことができたのは午後九時を回った頃だった。

「行くか？」

金曜日だからか今日は引けが早く、課内には僕たちしか残っていない。そうなるとメールも馬鹿馬鹿しいので声に出して誘うと、石崎は、「そうだな」とパソコンの電源を落として立ち上がった。

「明日出社？」

「ああ。お前は？」

「多分出社」

一応はそう答えたが、このあといつものように恵比寿に――課長のマンションに行ってしまったら出社は無理のような気がした。仕事もたまってるし、たまには寮に帰るかな、と思いながら僕は選択を石崎に任せた『今晩付き合う』店へと彼と肩を並べて向かったのだった。

「ハメられたってどういうことだよ？」

石崎が僕を連れて行ったのは、会社から少し離れた場所にあるタイ料理屋だった。社員はまずいないだろう、というのが狙いか、と思いつつ、料理を注文したあと僕は気になっていたことを速攻で尋ねてしまった。

「星野さんだよ。まさかあそこまでやるとはな」

シンハービールを飲みながら珍しく吐き捨てるような口調でそう言った石崎の言葉に、僕は心底驚いた。

「星野さん？」

確かに星野さんは待ってました、とばかりにしゃしゃり出てきた。が、『ハメられた』とはどういうことだ、と尋ねる僕に、石崎は苦りきった表情のまま言葉を続けた。

「課長から俺宛のメール、今日転送してもらったが、前回もちゃんと宛先は俺になってたんだ。それでメールが届かないということはあり得ないから、誰かが故意に俺のメールボックスからそのメールだけを削除したとしか考えられない」

「だってそりゃ、無理だろ。パスワードだってあるしさ」

首を傾《かし》げた僕に、石崎は、うん、と頷くと、

「確かにそのとおりだが、あのメールの日付を見たら、二十日の深夜になってたんだ。二十日は俺は外出先で客に摑まって、そのまま直帰になってしまったから、パソコンはつけっ放

しになってた。メールもあけっ放しで外出してしまったから、あの日の深夜か翌日の早朝、誰も見ていない時間であれば、可能ではあるんだよ」

とまた一口ビールを飲み、顔を顰めた。

「……星野先輩がそれをした、ってお前は思ってるのか？」

確かに絶妙のタイミングではあった。が、確たる証拠もないのにそんなことを言い出すのは石崎らしくないと思い、そう問い返すと、

「思い出してみたら、二十一日、俺も前日戻れなかったから相当早く行ったんだが、既に星野さんは来ていた。その日は課長は直行だったから、フロアには彼一人だったんだ」

俺も信じたくはないけどさ、と石崎は大きく溜息をついた。

「……星野さんが……」

信じられない、という思いの方が強い。いくら石崎のミスを誘いたいからといっても、普通は課が、そして当社が受ける損失の方を考えるんじゃないか、と僕は首を傾げた。

「……多分、いろいろな要因が重なったんだろう。自分が抱えている中型機の発注が五十台あるから、ここで俺が発注ミスをしてもT建設には迷惑をかけずに済む、という好条件が星野さんの背中を押したんじゃないかと俺は思っている。朝会の発表では星野さんの案件の納期は半年以上も先だった。新宿の高級スーパーなんて一年は先だ。中型機は二トンの大きさだぜ？　工事もまだ始まっちゃいないのに五十台も一度に発注して、納期までの間、どこに

寝かせておくつもりでいたと思う？　今のところ生産ラインは順調で、発注から二カ月でモノは到着することが約束されているっていうのにだ」

「そんな……」

石崎の言葉に、矛盾はひとかけらもなかった。確かに半年も先の案件のために発注をかけるなんてことは、価格が上がるなどの要因がなければあまりにも不自然だ。でも、だからといってそんなことを、星野さんが——同じ会社の人間が、やるとは思いたくなかった。いくら自分が留学生になりたいからといって、人のミスを誘って蹴落《けお》とそうとするなんて——。いく信じられない、と拳《こぶし》を握り締めた僕は、不意にその拳を石崎に握られ、え、と顔を上げ彼を見返した。

「ま、証拠はないからな。それにお前が熱くなることじゃない」

苦笑するように笑う石崎の顔を見ているうちに、それこそ僕は本当に『熱く』なってきてしまった。

「証拠だなんて！　このこと、課長に報告しようぜ！　そんな卑怯《ひきょう》なことまでしてお前にミスさせたって……その上、大型機の納入先はお前に考えさせせろ、なんてふざけたこと言いやがって……なんでお前、そんなことまでされて黙ってるんだよ？」

怒鳴りながら立ち上がった僕の腕を石崎が慌てて引っ張った。

「座れって。皆見てるぜ？」

「見せときゃいいじゃないか！」

本当に怒りが収まらない。なんだって石崎がそんな目に遭わなきゃいけないんだ。そしてなんだって彼は大人しく引き下がろうとしてるんだ、と更に怒鳴ろうとした僕を真《ま》っ直《す》ぐに見据え、石崎は静かな声で話し始めた。

「材料は揃《そろ》っちゃいるが、さっきも言ったとおり証拠がないんだ。星野さんが人のメールを開けてまでそんなことをした、というのは今の段階ではあくまでも俺の憶測《おくそく》だ。憶測でものを言えば『誹謗《ひぼう》』になるだろ。それに結果としては、T建設には迷惑はかけない方向で落ち着きそうだし、問題は俺が発注した四億分の機械の行く先だが、それをなんとかすることで挽回《ばんかい》すればいい、そう考えることにしたんだよ」

「だからって……このまま泣き寝入りなんて……僕はいやだ」

「お前のことじゃないだろ」

吹き出した石崎に、

「だって」

と僕は口を尖らせた。

「絶対におかしい。今のままじゃ全部星野さんの功績ってことになっちゃうじゃないか。下手したら留学生のことだってもっていかれちゃうかもしれないんだぜ？　それなのに……」

「留学生のことはいいよ」

石崎はそう笑うと、また握り締めてしまっていた僕の拳を右手で握ってきた。

「落ち着けって」

「これが落ち着いていられるかよ」

「もういいから」

ぽん、ともう片方の手でも僕の拳を叩くと石崎は、

「お前がそれだけ怒ってくれたんだ。俺はもう、それだけで満足だよ」

と照れたように笑って、僕の手を離した。

「僕が怒るくらいで満足するなよ」

「いいんだって」

ああ、酒がもうないな、と石崎は僕から顔を背けるようにしてウエイターを呼んだ。話はもう終わりだ、と言いたいらしい。ウエイターに持ってこさせたメニューを見ながら、石崎はまるで何ごともなかったかのように僕に尋ねた。

「どうする？　もうビールはいいだろ？　ワインでもいくか？」

「…………」

無言で口を尖らせた僕の顔を見て、また石崎が吹き出した。

「何が可笑《おか》しいんだよ？」

笑いごとじゃないだろ、と更に口を尖らせた僕に石崎は、

「本当に俺は、幸せ者だと思ってな」

とわけのわからないことを言うと、

「ま、今日は飲もう！　とことん付き合ってくれ」

と笑い、手を伸ばして僕の肩をばん、と叩いたのだった。

『とことん』付き合ったため、店を出たのは午前一時過ぎになってしまった。

「一緒にタクろう。どうせ明日出社だろ？　今日はウチの寮に泊まれよ」

二人で空けたワインが三本。さすがにふらふらしながら石崎がそう誘ってくれるのに、

「いい。行くトコあるから」

と僕もふらふらしながら手を振った。

「そういやさ。お前、全然寮に帰ってないそうじゃないか。カノジョでもできたのか？」

石崎が酔っ払いそのものの顔を僕にぐいと近づけてくる。

「ナイショ」

「水臭いぞ？」

水臭いとは僕も思うが、まさか『課長と付き合ってます』などと言えるわけがない。適当に誤魔化《ごまか》しながら大通りへと向かい、それぞれにタクシーを捕まえると、

「それじゃ、また明日」

「お疲れ！」

と手を振り合って別れた。

「お客さん、どちらまで？」

運転手が行き先を尋ねてくるのに、答えた僕の行き先は――。

「恵比寿」

そう――明日の出社のことを考え、今晩は行くのをやめておこうと考えていた、矢上課長の家だった。

3

勢い込んで来たものの、さすがにドアの前で僕は躊躇《ちゅうちょ》し、しばらくの間佇んでしまった。時間は深夜二時になろうとしている。鍵は貰《もら》っているから入ればいいようなものの、こんな時間にこれだけ酔った状態で訪れたことがなかったために、なんとなく気後《きおく》れしてしまっていたのだった。

だが、どうしても課長に聞いてほしいことがあったので、そんな気後れを無理やり心の奥に押し込めると、そっと鍵穴にキーをさし、そろそろとドアを開いた――が、がちゃ、と開きかけたドアはそれ以上開かなくなった。課長が既にドアチェーンをかけていたからだ。もう寝ているに違いない。どうしようかな――一瞬迷ったが、ここまで来て帰るわけにはいかない、と僕は勇気を出してドアチャイムを鳴らしてみた。数秒後、

『はい』

眠気など感じさせない課長の声がインターホン越しに聞こえてくる。

「遅い時間に申し訳ありません。榊原です」

できるだけ小さな声を出そうとしているのに、酔いで抑えがきかないからか、僕の声が廊下に響き渡った。

『……待ってろ』

プツと、インターホンが音を立てて切れた、と次の瞬間にはドアの向こうでチェーンが外される音がしたかと思うと、がちゃ、とドアが開き課長が顔を覗かせた。

「入れ」

まだ就寝はしていなかったらしい。スーツの上着だけ脱いだ服装で――ネクタイも外していたか――現れた課長は顎《あご》をしゃくって僕を部屋へと招き入れた。

「お邪魔します」

ふらふらしながら課長のあとについてリビングへと向かう。まだ帰って間もなかったのか、ソファの背に上着と外されたネクタイがかかっていた。

「……接待？」

だったっけ、と思いながら課長の背中に僕は声をかけ――た、と思った瞬間、振り向いた課長にその場で抱きすくめられていた。

「……酒臭いな」

顔を近づけてきた課長が端整な眉を顰める。

「……すみません」

謝るのもヘンか、と思ったときには、クレームをつけたその唇が僕の唇を塞いでいた。噛みつくような激しいキス――ただでさえふらふらしていた僕は、課長が僕の唇を塞ぎながら、ぐい、と僕の背と、そして尻《しり》を摑むようにして抱き寄せてくるのにほとんど立っていることができず、彼の胸に身体を預けてしまっていた。課長の指が服越しにそこへとめり込んでくる。ぐいと自分の下肢に前を押し当てられ、僕はたまらず彼の背にしがみついた。くちづけの合間に漏れる息が自分でも驚くくらいに熱い。ぐりぐりと後ろを弄る細く長い課長の指と、腹に押し当てられる彼の雄《オス》の熱さがますます僕を昂まらせ、いよいよ立っていることができずに彼のシャツの背を摑んでしまうと、いきなり課長に抱き上げられた。

「わ」

ぐらりと周囲が回るような気がする。平衡感覚を全く失い、彼の首にしがみつく僕に、

「……立ち話もなんだからな」

と課長はにやりと笑って唇を合わせてきた。

「…………」

一言だって話しちゃいないだろうに、という僕の反論はすぐに課長の唇に飲み込まれ、そのまま僕はここへ来た本来の目的を果たすより前に、彼の寝室へと連れ込まれてしまったのだった。

「……んんっ……んふっ……」

ベッドに僕を下ろした途端、課長は僕からすべての衣類を剝《は》ぎ取った。アルコールで真っ赤になっている身体を呆れたように見られたことが恥ずかしく、その視線を避けようとして

身体を捩った僕を押さえ込むと、いきなり課長は僕の下肢へと顔を埋《うず》めてきた。着衣のままの課長の髪が、両膝を立てさせた僕の脚の間で揺れている。わざと僕に見せつけるように時折顔を上げてにやりと笑う、その細められた瞳と、唇の間から覗く僕自身を見るだけで、僕は達しそうになるほどに昂まっていった。が、課長は僕が達することを許さないとでも言うかのように根元をしっかりと握り締めたまま、先端を、竿《さお》を、その唇と舌で執拗に攻め続ける。

「や……あっ……はぁっ……」

大きな声が聞こえる。僕の声か——気づいた途端、羞恥《しゅうち》が一気に込み上げてきて、彼の髪を摑み口淫《こういん》をやめさせようとした。

「…………」

顔を上げた課長は未《いま》だ僕を咥《くわ》えたままで、目を合わせたままゆっくりと唇で竿を扱き上げてくる。

「やっ……」

恥ずかしいのになぜか視線を外すことができない。課長の唇から雄の先端が零れ落ちるように出てきた、と、先走りの液だか彼の唾液だかでぬらぬらと光るそこへと、彼は舌を絡め、舌先で鈴口を割るようにして舐《ねぶ》り始める。

「やっ……あっ……もうっ……もう……」

達してしまいたいのに、しっかり根元を握られていては達することができない。課長の舌がまた先端に絡まり、口の中へと収められることに耐えられず、僕は半身を起こし懇願する視線を彼に向けてしまっていた。

「……仕方がないな」

課長は僕を口から離すと、くす、と笑ってそう呟き、根元を握っていた手で一気に扱き上げた。

「はぁっ……ぁっ……」

抑えられていたものが一気に迸《ほとばし》るように、その刺激に僕はすぐに達してしまい、白濁した液を撒き散らした。

「や……ぁ……ぁ……」

びくんびくんと、僕の雄が時折思い出したように精液を零しながら震えている。

「……酔ってるから一回しかいけないだろうに、あんな顔されちゃね」

苦笑しながら独り言のようにそう言った課長の言葉の意味を聞こうと、荒い息の下、身体を起こした彼を見上げると、課長はなんでもない、というようにまた苦笑しながら首を横に振り、背を向けてシャツを脱ぎ始めた。目を閉じるとなんだかくらくらするような気がして――酔っ払ってるのに全力疾走したような状態だからだろうか――僕は目を開け、課長が手早く服を脱ぎ捨てていく様子を見つめていた。相変わらずの均整の取れた見事な肉体――肩から腰へのラインの美しさは、オリンピックなどでよく見る水泳選手に勝るとも劣らない。無意識のうちに触れたいとでも思ったのか、いつのまにかその背に向かって手を伸ばしていた僕は、不意に振り返った彼にその手を掴まれ我に返った。

「……なに？」

くす、と笑いながら課長が僕を抱き寄せてくる。

「………………」

頰《ほお》を寄せた胸の隆起も、手を回した背中の筋肉も、何もかもが心地よくて僕は思わず目を閉じる。

「……酔っ払いが」

またくす、と笑った課長が僕の背を抱き締めると、そのまま僕が寝やすいように体勢を整えてくれた。はあ、と息を漏らしながら、僕は彼の胸に顔を埋め、どこかへ落ちてゆくかのようなぐらりとした感覚に身を任せようとしていたのだったが、不意にここへ来た目的が頭に甦《よみがえ》り、いけない、と勢いよく顔を上げた。

「なに？」

驚いたように目を見開いて、課長が僕を見下ろしてくる。

「……お話が」

裸で抱き合っているのに『お話』というのもどうかと思ったが、少しでも早く僕は課長にあのことを——石崎がハメられたということを伝えたくて、安穏とした眠りの世界から無理やり復活したのだった。

「話？」

課長が端整な眉を顰めて僕に問い返す。

「昼間の……あの、石崎の発注ミスのことなんですが」

うまく頭が回らない。それでも少しでもしっかりしようと、僕は課長の胸に手をついて身体を起こすと、寝ている課長を見下ろし、石崎から聞いた話をし始めた。

「石崎宛のメールは、星野さんが削除したんです。それで自分の持ってる案件を利用して、で石崎の足を引っ張り、自分が目立とうとしたんです。前々から星野さんはあの留学制度の件で石崎をライバル視していたんですが、絶対石崎には敵わないと思ってそんな汚い手を使ったに違いないんです」

次第に熱くなってきて、僕はまた拳を握り締めながら力説してしまっていたのだが、言葉を切ったその瞬間、

「それがどうした」

と冷めた声で課長が口を挟んできた。

「それがどうしたって……」

酷いことじゃないか、と声を荒立てようとした僕を、課長は片肘《かたひじ》をついて見上げていた。

しらけきったその表情が、尚更に僕を熱くしたのだと思う、

「そんな卑怯な真似した星野さんが、このまま『よくやった』になって、そして何ひとつ悪いことしてない石崎にバツがつくなんてことがあったら……」

更に大きな声でそうがなりたてようとした僕に、課長はやれやれ、というように溜息を漏らすと、

「そんなことに俺が気がついてないとでも思うのか」

と馬鹿にしたような視線を向けてきた。

「……え？」

勢いをそがれ、絶句する僕に、課長は溜息混じりに話を始めた。

「だいたい一年も先のオーダーを今からとっていること自体が不自然だろう。コンテナが余ったなどと言い訳していたが、基本的に在庫は持たないようにしているというのに、どこに倉庫を借りるつもりだったのか。何より仕入れ先への支払い義務が荷物到着とともに発生するのに、対応する入金はその貨物を客先に引き渡したあとになる。一年も金利を立て替えなきゃいけない不条理に気づかないわけがない。誰がどう考えても故意だ。まさかお前は言われるまで気がつかなかった、というんじゃないだろうな」

そう言ってにや、と笑われ、再びうっと言葉に詰まってしまった。

「なんだ、本当に気づいていなかったのか」

呆れたな、と溜息をつく課長の前で、僕は深く項垂《うなだ》れた。途端にぐらりとした感覚に襲われ、また酔いが回ってきたような気になった。

本当に——なぜ自分は気づかなかったんだろう。石崎の話を聞いたときも「そうか」と納得したが、課長の話でその納得は更に深まり、気づかなかった自分が本当に情けなくなった。本当に彼らの言うとおりだ。少し考えればわかりそうなものなのに、僕が気づいたのはせいぜい『星野さんがいい気になっている』くらいだったということが、酷く僕を落ち込ませていた。

「…………」

はあ、と大きく溜息をついた僕を見上げていた課長がくす、と笑ったのがわかった。笑われても今回ばかりは仕方がないよな、と拗ねかけた僕だったが、課長の次の言葉には拗ねるどころではなくなった。

「それにしても石崎にもがっかりしたな」

突き放したような冷たい物言いに、僕は驚いて課長へと視線を戻した。課長は僕と目が合ったことがわかると勢いをつけて身体を起こし、僕たちはベッドの上で向かい合って座るかたちとなった。

「……俺にそれを伝える役をお前に振ったってわけだろ？」

言われた言葉の意味が酔った頭にはなかなか伝わって来ず、しばらくぼんやりと黙り込ん

でしまったのだったが、課長が何を言いたいのかを遅まきながらに察し、思わず僕は、

「違う！」

と大きな声を上げてしまった。

「違う？」

眉を顰めて問い返した課長がまた僕を抱き寄せようとしてくる。

「違う！　石崎は誰にも言わないと言ったんだ！　証拠もないのに星野さんがやったと言うのは誹謗になるって……今更済んだことを蒸し返すより、四億の発注ミスの納入先を決めることで挽回したいって。そんな石崎が、僕を使って課長に言いつけようなんて思うわけないじゃないか！」

伸ばされた手を払いのけ、叫んだ僕の腕を摑んだ課長は、尚も無理やり僕を抱き寄せようとしてきた。

「離せっ」

腹が立つあまり僕は彼の腕の中で暴れまくったが、力の差は歴然としており、そのままベッドに押し倒されてしまう。

「嫌だっ」

覆い被さってくる胸を力一杯押し上げる僕に、課長は舌打ちすると、

「何を嫌がる？　さっきまでここで、この場所で、喘いでいたじゃないか」

と僕の顎を片手で押さえ、じっと顔を見下ろしてきた。

「嫌なものは嫌だ！」

何が嫌なのか、既に僕自身にもわからなくなっていた。星野先輩の猿知恵を見抜けなかったことに対する自分への怒りと、石崎を誤解し、『がっかりした』とまで言った課長に対する怒りと、何より課長にそう思わせてしまった自分の行動の軽率さを悔いる思いと――様々な憤りが一緒になって、手足をやみくもに動かしていただけだったのかもしれない。僕が嫌がれば嫌がるほど、課長はむきになってきたのか、己の胸を押し上げる僕の両手首を片手で捕らえて頭の上に挙げさせ、強引に唇を塞いできた。

「……っ」

嫌だ、と叫ぼうとしたが侵入してきた舌に阻《はば》まれ、声にすることができない。舌を求めて動き回る彼の舌から逃れようと横を向いた僕の意図を察したんだろう、課長は唇を離すとまた小さく舌打ちし、そのまま唇を首筋から胸へと乱暴なくらいの強さで落としてきた。

「やめろっ……」

首筋を痛いほどにキツく吸ったくちびるが僕の胸を捕らえる。僕の手首を捕らえていた彼の手は、今は両脚へとかかり、無理やりその場で大きく脚を開かされた。

「嫌だっ」

胸を弄り続ける彼の肩を必死で押《お》し退《の》けようと腕を突っ張っても、頑丈な彼の身体はびく

ともしない。しばらく胸にあった唇が次第に下へと向かい、またさっきのように僕を咥えるのか、と身構えた僕の予感を裏切りそのまま内腿をきつく吸い上げた。彼に噛まれるように愛撫されていた胸にくっきりといくつも紅い吸い痕《あと》が残っている。いつもはこんな痕なんか残さないのに——必死に抵抗しながらもちらとそんなことを考えてしまっていた僕は、いきなり両脚を高く上げさせられ、腰が浮いたような姿勢を取らされて小さく呻《うめ》いた。苦しい体勢を逃れたいのに、身動きすることもかなわない。シーツから浮いた僕の尻に、彼の唇が這わされる。

「やめっ……」

両手で広げられたそこに彼の舌が侵入してきた。

「やっ……」

生温かな感触に、悪寒《おかん》に似た何かが僕の背筋を駆け抜ける。ぴちゃぴちゃと音を立ててそこをしゃぶられ、ときに肉に歯を立てられたりしているうちに、僕の雄は次第に熱さを取り戻し、不自然に腰を上げさせられているために自分の腹にあたって先走りの液を擦《こす》りつけ始めた。

「……やっ」

苦痛と快楽スレスレの感覚が全身を駆け巡る。硬くした舌の先端で入口近くを舐められ、もどかしいと感じそうになる己を僕は必死で抑え込んだ。が、課長はすぐにそれと察したようで、更にそこを両手で広げるようにすると、顔を離し、指をいきなり奥まで侵入させてきた。

「……あっ……」

細く長い指で奥を抉《えぐ》られ、思わず背を仰《の》け反《ぞ》らせながら、再び襲いくる悪寒のような感覚に耐えた。唾液をたっぷり注ぎ込まれたそこは、彼が指でかき回すたびに濡《ぬ》れたような淫猥《いんわい》な音を立て始める。

「や……っ……あっ……」

浮かされた腰が自然と動いてしまっていた。気づいた途端、いたたまれなくなりまたも大きく身体を捩ろうとすると、課長の手が僕の動きを助けるかのように動き、いつの間にかシーツの上で四つん這いのような格好を取らされていた。

「やっ」

高く腰を上げさせられるのを嫌がり、前へと逃れようとする僕の腹に課長は腕を回して自分の方へと引き寄せると、いきなりそこへと——今まで散々弄ってきた後ろへと勃ちきった雄を捩《ね》じ込んできた。

「やっ……っ」

唐突な突き上げに息が止まる気がする。一気に強張ってしまった身体をいつもであれば優しく抱き締め、解《ほ》そうとしてくれるその腕が、今日は僕を逃すまいとでもするかのようにいつまでも腹に回されたままで、そのことがますます僕の身体を強張らせてゆく。

「……くっ……」

苦痛しか生まない激しい突き上げに、生理的な涙が溢れてくる。痛みに噛み締めた奥歯がぎりぎりと音を立て、知らぬ間にシーツを握り締めていた手の甲は真っ白になっていた。それに気づいたのは、課長の手がそろそろと僕の身体を伝わってその手へと伸びてきたからだ。薄く目を開いたとき、まるで大切なものを扱うかのように僕の手を握り締める彼の手が映り、下半身への激しい攻め立てとの違和感が僕の心をとらえた。そのとき、ふっと身体から力が抜ける気がして、苦痛しか感じなかったそこに別の感覚が芽生える。その感覚の尻尾《しっぽ》を捕まえようと伸ばした手を、また課長の手が優しく握り締めてきた。

「……あっ……はぁっ……」

噛み締めた奥歯の間から、苦痛によるものではない声が漏れ始める。その声に安心したように、背中で課長は小さく息を吐き出したあと、僕の手を握り締めたまま一気に快楽の頂点を目指し、激しく腰を動かしてきた。

「やっ……ああっ……あ……っ……」

後ろへの突き上げと同時に、もう片方の手で激しく自身を扱かれ、僕はますます高い声を上げながら、彼が達したのとほぼ同時にその手の中に精を吐き出してしまっていた。

「………」

課長がゆっくりと僕の背に身体を落としてくる。自分の背が汗ばんでいることを、同じように汗ばんでいる課長の胸で教えられ、熱いほどの互いの身体を重ねながら、快楽の名残から自分のそこが思い出したようにひくつくのに戸惑いつつも、僕は行為のあとの倦怠感《けんたい》にしばし身体を預けてしまったのだった。

しかし、だんだんと息も整ってきて、互いの身体も冷え、汗の冷たさを感じるようになってくると、先ほどまで課長としていた会話もまた僕の頭に甦ってきた。だいたいなんで突然課長は強引な行為に持ち込んできたのか、そのとっかかりはどうにも思い出せなかったが、酷いことをされたことに変わりはない。

「帰る」

僕はのそのそと彼の身体の下から抜け出ると、脱がされて床に落ちていた服を一纏《ひとまと》めにして抱えた。

「…………」

課長は僕が部屋を出て行くのを止めようとはしなかった。リビングで服を身につけている間も、寝室から出てくる気配がなかった。タイを結ぶ手がゆっくりになっていく。まるでわざとのように自分がのろのろと身支度を整えているように思え、怒ってるのはこっちなんだ、と僕はタイを首から引き抜いてスーツのポケットに突っ込むと、そのまま課長の家を飛び出した。

時計を見ると午前四時を回ろうとしていた。あと三十分で始発も動き始めるだろう。駅への道を俯いて歩きながら、僕は自分が課長のもとを訪れたことが石崎にとっては凶と出るのではないか、と思い、大きく溜息をついてしまった。

いや——考えていたのは石崎のこと、というよりは、僕が帰るのを止めようともしなかった課長のことの方が大きかったかもしれない。

「なんなんだよ……」

腹が立ってもいいはずであるのに、なぜか口にすると心細さばかりが胸に立ち上ってきてしまうことが情けなくて、僕はぶんぶんと激しく頭を横に振ると、もう何も考えまいと、駅への道を急いだのだった。

週明け月曜日、休日出勤をしても効率が上がりそうにないという言い訳のもと、週末を寮でごろごろ過ごしてしまった僕は、たまりにたまった仕事を少しでも片付けようと朝八時に出社した。いつも早朝出勤している課長と顔を合わせるのは少し気まずくはあったが、どうせ出社したら顔を合わせなければならないんだから、と腹を括《くく》ってフロアに入ったにもかかわらず、ラインには石崎しか来ていなかった。

「おはよ」

に、と笑いかけてきた石崎の机の上は、こんな早朝だというのに書類が散乱して物凄いことになっていた。

「おはよう……って、どうしたの？」

「いや、こうなったら下手《へた》な鉄砲《てっぽう》も打ちまくろうかと思ってな」

「鉄砲？」

「ああ、大型案件受注したゼネコンにプレゼンかけまくってやる」

週末もあまり寝ていないのだろうか、少しやつれたような顔をしながらも明るく笑う石崎には、同期ながら尊敬の念を抱いてしまう。

「なんか手伝うことないか？」

せめて少しでも役に立ちたいと思って、机を回って彼の後ろへと立つと、

「ああ、サンキュ。でもいいぜ？　お前もやることあるからこんなに早くに来たんだろ？」

と逆に気を遣われてしまった。

「経費の精算とかだから全然いいよ。何かやらせてくれよ」

「……悪いな」

少しの沈黙のあと、石崎は立ち上がると机の右の方に置いてあった書類の束へと手を伸ばした。

「サーバーにこのモトネタの表が入ってるんだが、エリアで電力会社が変わるために料金を直さなきゃいけないんだ。悪いがそれをお願いできないか？」

「OK。エリアは？　ああ、北海道？」

渡された書類を見ながら尋ねると、石崎は頷き、

「ああ。北海道電力の電力料金は……」

と説明してくれようとするので、

「わかるわかる。ネットでこの間調べたから」

僕は途中で遮り、急いでいるらしい彼のために少しでも早くそれにとりかかろうと踵《きびす》を返した。

「榊原」

「ん？」

肩越しに振り返って見た石崎は本当にすまなそうな顔をしていた。

「ほんと、恩に着るわ。申し訳ない」

「何をおっしゃいますやら」

今までどれだけ僕は石崎に助けてもらったことか――彼の手を借りるたび僕が恐縮して謝ると、いつも石崎はこう言って笑うのだ。その台詞《せりふ》を僕もそのまま返してやったのだった。

「このお礼はカラダで……」

やっと石崎もいつもの調子に戻って、ふざけてシナをつくってみせる。

「そりゃ安すぎる」

僕も悪乗りしてそう笑うと、さ、やるか、という気合とともにパソコンの電源を入れた。と、そのとき、チン、とエレベーターがフロアについた音が響いたかと思うと、人が談笑する声が入口の方から聞こえてきた。こんな早朝に来客か、と顔を上げた僕の目に飛び込んできたのは、隣を歩く男と楽しそうに笑っている矢上課長の姿だった。

「ああ、戻ってきた。なんだ、建設部に行ってたのか」

石崎も二人に気づいたらしい。『戻ってきた』ということは、やはり早朝出勤していたのだろう。課長と一緒にいるのは――誰だっけな、と僕が首を傾げたのを察したのだろう、

「ほら、あれが、例の豊洲の事業の主管部、建設部の西条《にしじょう》課長だよ。矢上課長とは同期じゃなかったかな」

と小さな声で僕に教えてくれた。

「西条課長……」

ああ、そういえばそうだった、と僕は自分たちのラインの方に近づいてくる課長たちへと視線を向けた。

「建設部じゃ、アイドル課長と呼ばれているらしいぜ。少しお前に似てないか？」

「似てないだろ」

そういえば建設部の同期の女の子が「うちの課長は顔も性格もいいんだよ」とさんざん自慢していたっけ、と僕は噂の『アイドル課長』にこっそりと観察の目を向けた。矢上課長よりは頭ひとつ背が低い。僕と似ているのはそこだけで、本当に『アイドル』と呼ばれるに相応《ふさわ》しい整った顔立ちをしていた。どちらかというと女顔だろうか。大きな目を見開くようにして課長の話を聞いていたかと思うと、課長が何か冗談でも言ったのか、その目を細めて笑ったり、またすぐ真面目な顔になったりと、くるくると表情が変わる。つい見惚れてしまうのは、そんな表情のひとつひとつになんとも言えない魅力があるからだ。さっき石崎は矢上課長とは同期と言っていたが、どう見ても僕たちと同じくらいか、下手したら下にだって見えかねない。なんだかミスマッチな二人だなあ、と首を傾げた僕の傍らを通って二人は課長席へと歩いていった。

「おはようございます」

一応挨拶をした僕に、にっこり笑って答えてくれたのは、西条課長の方だった。

「おはよう。早いね」

「いえ……」

慌てて立ち上がった僕に、西条課長は、

「ああ、気にしなくていいから。仕事続けてください。ほんと、矢上の課は皆真面目だな」

と矢上課長を振り返り、気を許した相手に向けるような笑顔を見せた。

「教育が行き届いているもので」

「……言うねえ」

あはは、と笑いながら西条課長が、矢上課長の胸の辺りを小突く真似をする。そのときなぜか、僕の胸にちくりと小さな痛みが走った。

「ともあれ、頼むな。このとおり」

『頼む』と言いつつ少しも申し訳なさが感じられない課長の口調に、僕の胸はまた微《かす》かに痛む。

「『頼む』じゃないよ。ほんと、頭痛いぜ」

西条課長は呆れたように溜息をつくと、

「ま、お前の『頼む』が通らなかったためしはないからな。どうせ根回しＯＫなんだろ？」

とまた悪戯《いたずら》っぽく笑って課長の顔を見上げた。

「よくわかってるじゃないか」

矢上課長がにやりと笑って答えるその会話に、僕と石崎は仕事の手を休めまくって耳を欹《そばだ》てていた。

「建設部の悪いようにはしないから安心しろ」

「そうじゃなきゃ困るよ。ホントにお前は昔から……」

「ああ、わかったわかった」

うるさそうに顔を顰めた矢上課長の手が、西条課長の髪へと伸びてゆく。それを目で追う僕の胸に、鋭利な刃物で刺されたような痛みが走った。

「ああ、もう、なんだよ」

いつも僕の髪を梳《す》いてくれる課長の細く長い指が、今は西条課長の頭をふざけた調子でぽんぽん、と撫でている。西条課長はその手を摑んで自分の頭から下ろさせると、

「じゃ、お前の『根回し』の結果を楽しみにお待ち申し上げるよ」

と笑い、それじゃな、と踵を返した。

「ああ。ありがとな」

矢上課長も笑顔で彼を見送っている。いつもの演出されきった営業スマイルではない、素

のまま の ─ ─ そう、家で僕と二人のときに見せてくれるのと同じ、優しげなその笑顔をみていることが耐えられず、僕は思わず目を伏せ、キーボードに置かれた自分の手を見つめてしまった。西条課長は帰りしな石崎の後ろで立ち止まり、彼の肩をぽん、と叩いた。

「はい？」

驚いた石崎が声を上げる。どうしたんだろう、と僕も思わず彼らに注目してしまった。

「いろいろあるだろうが頑張ってくれ。君のT建設へのアプローチは本当に素晴らしかった。これからも期待してるよ」

「……え？」

西条課長は不審そうな顔をした石崎の肩を、またぽん、と叩くと、それじゃ、と華やかにも見える笑みを向け、足早にエレベーターホールへと歩いていった。

「？」

なんだろう、と石崎が僕に問い掛けるように視線を向けてくるが、僕も何がなんだかわからない。二人して首を傾げていたところに、

「石崎、ちょっといいか？」

と課長が声をかけてきた。

「はい？」

「会議室へ来てくれ」

課長は僕の方を見もせず石崎にそう言いおくと、そのまま会議室へと向かっていった。

「なんだ？」

石崎はさらに不審そうな顔をしたが、ちょっと行ってくるわ、と課長のあとを追った。

なんだろう——？　二人の後ろ姿を目で追う僕の脳裏に、先ほどの西条課長と矢上課長のやりとりが浮かんだ。

『ホントにお前は昔から……』

『ああ、わかったわかった』

昔から仲のいい同期だったんだろうか。互いに作らない笑顔を向け合い、頼みごとも相談ごとも構えることなくできるような、そんな関係が二人の間には築かれていたというのだろうか。

そんな関係——あの二人は、本当に『同期』というだけの関係なのだろうか。

自分の考えていることにふと気づき、僕は馬鹿馬鹿しい、と大きく溜息をついた。矢上課長は『バイだ』と宣言していたが、西条課長にもその手の趣味があるかどうかはわからないじゃないか。なんでも自分と一緒と思っちゃいけないよな——勿論僕だって『バイ』の課長と会うまでは『バイ』なんかじゃなかったのだけれど——と、心に残るもやもやを振り切るように溜息をつくと、石崎から渡された表を完成させようと、気合を入れてパソコンに向き直った。

石崎と課長は、十分ほどして部屋から出てきた。席に戻った石崎は、『呆然』としかいいようのない顔をしていた。何があったんだろう、と思ったが、わざわざ課長が別室に彼を一人呼んだということは、人には言えない、若《も》しくは言いたくないような内容の話なのかもしれない、と僕は彼に尋ねたい気持ちを抑えた。仕事のことならいいが、わざわざ課長が呼び出すのは、『注意』や『指導』、または『人事異動』であることが多いために、「今のなんだった？」という問い掛けはしないのが、なんとなく暗黙の了解になっている。石崎とはツーカーの仲だから、普段であれば早速「なになに？」と聞いてしまうのだったが、尋常ではない彼の様子に、今回ばかりは遠慮したのだった。そうして仕事に熱中しかけた僕のパソコンの画面に、新着メールが来たという表示がされた。

「？」

開いてみると、それは当の石崎からだった。

『なんとかなるかもしれない。さすがは課長だ』

「え？」

思わず小さな声を上げ、僕は石崎へと視線を向けたのだったが、石崎は声に出さずに『あとでな』と口を動かすと、そのまま自分の画面へと視線を戻してしまった。

「…………」

『さすがは課長』——一体何が起こっているというのだろう、と今度は課長の方へとちらと視線を向けてみた。が、課長は僕のことなど全く眼中にない、といった様子で、やはりパソコンの画面に厳しい視線を向けながら物凄い勢いでキーボードを叩いていた。

「…………」

またも僕の胸は、なぜかちくりと微かに痛んだ。が、それがなぜであるかは、自分でもよくわからなかった。

『ありがとな』

矢上課長の優しげな笑顔が僕の脳裏に甦る。それを向けられた西条課長の整った容貌《ようぼう》をも同時に思い出してしまった僕の胸は、また微かに――いや、酷く痛み、僕をたまらない気持ちにさせた。

そう――今、僕が感じているのは、間違いなく『嫉妬』だった。

矢上課長と気の置けない仲に見えた西条課長に、僕は嫉妬してしまっていたのだ。課長が僕のことを無視していることも、僕の『嫉妬』に拍車をかけていた。金曜日の夜、怒って帰ったのは自分であるはずなのに、今、僕は逆に課長が僕に対して何か怒りを覚えているのではないかと思わずにはいられなくなっていた。

一体何を怒っているんだ、と憤りながらも、この先ずっとその怒りが解けなかったらどうしよう、という焦燥《しょうそう》を抱いてしまっているのも事実で、その焦燥のせいで彼の一挙一動にいつも以上に過敏に反応してしまっていた。ふと課長の手が止まる。いけない、と僕は慌ててそんな課長から目を逸らせると、自分の——石崎の、だが——仕事に集中しているふうを装おうとでもするかのように、乱暴にキーボードを叩いてしまったのだった。

やがて九時を回り、皆が出社し始めた頃に、課長席の電話が鳴った。

「はい。電力……そうですか。ありがとうございます」

厳しい表情のまま電話に出た矢上課長の顔が、笑顔に変わった。

「……はい……はい……本当にどうもありがとうございます。すぐご挨拶に伺います」

何ごとだろう、といつになく弾んだ声で応対している課長の電話に注目していたのは僕だけではなかった。石崎は勿論、あの星野先輩も、そして新人の藤井も、その場にいた者は全員課長の様子を窺っていた。

「それでは」

課長は受話器を電話に戻すと、いきなり「石崎」と名を呼び立ち上がった。

「はい？」

「来い。決まったそうだ」

課長は一言そう言うと、「え？」と驚きに目を見開いた石崎の方へと大股で歩み寄り、ばん、とその背を叩いた。

「行くぞ」

「は、はい」

石崎も慌てて椅子の背にかけた上着を着込むと、足早に歩き去る課長のあとを追う。

「なんなんでしょうね？」

「うん……」

横で心配そうな声で問い掛けてきた藤井を振り返った僕に、前の席から、

「お前、何か聞いていないか？」

と星野先輩が声をかけてきた。

「…………」

思わず無言で彼を睨みつけてしまった僕に、

「なに？」

と星野先輩は不審そうに問い返してくる。

「いえ……」

石崎をハメておいて、まだ気にすることがあるのかよ、と僕は心の中で毒づきながら、ふいと彼から目を逸らせるとわざとらしいほどの大声で、

「ほんと、何があったんだろうな？」

と藤井に話しかけた。

「あ、本部長室に入りましたよ」

二人の姿を追っていた藤井が興奮した口調で僕に話しかけてくる。

「本部長室に呼ばれて『決まった』ってことは……留学生かな？」

僕も興奮して藤井に答え、本部長室のドアが閉まるのを見守ってしまった。

「そんな……」

小さく呟くような声が前の席から聞こえる。ちらと目を向けたそこには、顔色を失っている星野先輩がいたが、口を開けば嫌みを言ってしまいそうだったので敢《あ》えて視線を逸らせると、閉ざされた本部長室のドアへと目を向けたのだった。

僕たちが見守る中、思ったより早くそのドアは開いた。室内に向かって頭を下げた二人は、振り返った途端に神妙な顔を崩し、笑い合っている。

「やっぱり留学生でしょうかねえ」

藤井がますます興奮した声で囁いてくるのに、僕も、うん、と頷き、二人が席に戻ってくるのを待った。

「頑張れよ」

課長は石崎の背を叩くと、

「ちょっといいか？」

と彼らに注目していた僕たちを見回した。課内に一気に緊張が走る。

「実は先ほど本部長から連絡があり、石崎が当本部からの海外留学生候補に決定したことを知らされた。まだ人事の審査が残っちゃいるが、まず本決まりと思って間違いないだろう。石崎の普段の頑張りを思えば当然、という気もするが、この機会に二年間、世界でいろいろ学んできてもらいたい」

課長の言葉に、課内は大騒ぎとなった。

「すごい！　やったじゃないか」

「おめでとう、石崎」

皆が口々に石崎を激励する。

「ほんと、よかったな！」

僕も思わず石崎の傍《そば》に走り寄り、その背を力一杯叩いた。

「痛いよ」

顔を顰めながらも石崎は、皆に向かって、ありがとう、と頭を下げている。と、そのとき、

「納得できません！」

ヒステリックな大声が辺りに響き、僕たちは声の方を――真っ青な顔で拳を握り締めている星野先輩の方を振り返った。

「納得できません！」

皆の視線を集めることなどものともせず、星野先輩はぎらぎら光る目で矢上課長を睨みつけている。

「……お前が納得する必要はない。決定事項だ」

矢上課長は冷淡なほどの口調で簡単にそう言うと、

「仕事に戻るぞ」

と僕たちを見回し、自分も席へとついてしまった。

「だって！　あの発注ミスはどうなるんです⁉　あれをカバーしたのは僕だ！　それなのになぜ、石崎が留学生に決定……」

何かに憑《つ》かれたように大声で喚《わめ》きながら、課長の方へと駆け寄っていく星野先輩の言葉に、僕は思わず、

「ふざけるなよなっ」

と怒鳴ってしまったのだったが、

「よせ」

「榊原さん」

石崎と藤井に双方から腕を摑まれ、仕方なく口を閉ざした。

「なぜなんです⁉」

課長のスーツに縋《すが》りつかんばかりに詰め寄る星野先輩を、課長はじろりと一瞥《いちべつ》すると、一

言、

「それはお前が一番よくわかっているだろう」

と冷たく言い捨て、パソコンへと視線を向けてしまった。

「ど、どういう意味ですか？」

星野先輩の顔色が変わる。課長は気づいているんだよ、と言ってやりたいが、察した石崎に腕を摑まれたので、心の中で思っているだけにとどめることにした。

「……いいことを教えてやろう。石崎は『失策』などしていない。あの五十台の大型機も無事納まることになりそうだからな」

「なんですって⁉」

「ええ？」

驚きの声をあげたのは星野先輩だけじゃなかった。僕も、藤井も、石崎以外の課員全員が大声を上げ、課内はそれこそまた蜂《はち》の巣をつついたような騒ぎとなった。

「どういうことですっ」

星野先輩の顔は、真っ青を通り越して白くさえなっていた。課長はそんな彼の顔を一瞥すると、

「土曜に現場を見に行った。まだ設計変更は間に合うことを確認したあと、現場所長と膝を突き合わせて話してきた。現場では石崎の対応には非常に満足しているが、一方コジェネ部

隊は不手際が多く、まだ納入の見込みも立ってない、ということがわかったもんでな、もしトップがYESと言えば、コジェネで決まった分もウチに振り替え全工区をウチで見ることで納入する発電機を倍にしてもらえないかと頼んでみたら、快くOKしてくれた。建設部への根回しは日曜日にちょうどいいタイミングで本部長が建設本部長を交えた接待ゴルフがあるというので、お願いしてもらった。向こうもコジェネ部隊には頭を痛めているようで、現場がそれでOKということであれば、と、振り替えを内諾《ないだく》してくれたらしい。一応担当課長にも話を通したし、ほぼあの五十台の行く先は決定したといっていい。石崎の功績は、最初の四億から倍の八億になったというわけだ。留学生として推薦されるのにいい土産《みやげ》となったよ」

と、淡々とした口調で続けたのだったが、その内容の桁《けた》違いの凄さに、僕たちはただただ言葉を失い、呆然と聞き入ってしまったのだった。

なんという行動力——この土日、僕がぐだぐだと寝ていた間に、課長は現場で所長を押さえ、本部長を通じて建設本部長を押さえ、どうにもならないと思われていたあの五十台の大型機、四億分の行く先を決定してしまったというのだ。

「さすが……」

感嘆の溜息が皆の口から漏れてゆく。常人には『不可能』としか思えなかったことを、難なく、しかもあっという間にやってのけた矢上課長に、課員たちの熱い眼差《まなざ》しが集まっていった。

「でも……でも……」

星野先輩だけが、ぶるぶると瘧《おこり》のように身体を震わせながら、ぶつぶつと往生際悪く呟いている。

「……いいか？　設計変更が充分可能だったということは、当課担当部分だけ、また大型機五十台に変更もしてもらえた、ということだ。わざわざコジェネ部隊の不興を買ってまで、中型機の七十台をなぜキャンセルしないで済ませたのか……よく考えてみろ」

静かな声で課長がそう告げたとき、机の上の電話が鳴った。

「はい。電力」

応対し始めた課長の顔を、星野先輩は呆然と見つめていたが、やがて、何も言わずにその場を駆け去った。

「……どうしたんでしょう？」

藤井が小さな声で僕に問い掛けてくる。

「さあ」

曖昧に言葉を濁した僕の目の前で、

「ああ……ああ、そうか。決定か。連絡ありがとう」

矢上課長は明るい声で電話を切った。

「石崎」

「はい」

皆の視線がまた一斉に課長へと集まる。

「喜べ。T建設から了解の返事が来たそうだ」

にっと笑った課長の言葉に、皆の口からまたも大きな歓声が上がった。

「やったな！　石崎‼」

「本当によかったな！」

バンバンと背を叩かれ、石崎は、ありがとうございます、と皆に笑顔を返している。

「ほら、仕事だ仕事」

騒ぎまくる僕たちを大声で注意しながら、課長の顔も笑っていた。

本当によかった——その思いを胸に、僕もじっと石崎を見つめる。と、石崎はちょっと困ったような顔をして僕の顔を見返したあと、何か言いたげに口を開きかけた。

「？」

なに、と声には出さず、口の動きだけで尋ねると、石崎は、なんでもない、というように首を横に振り、祝いの言葉をかけてくる課員たちに視線を移してしまった。一体なんだったんだろう、と一瞬首を傾げたが、それならこのプレゼン用の表はいらなくなるんだな、とほっとした気持ちで、やりかけの仕事を中断したのだった。

僕は――本当に気づかなかったのだ。あのとき石崎が何を考えていたか、ということに。
それを知らされたのは、その日の夜、残業のあとに彼と内輪で祝杯を挙げにいった席でのことになるのだけれど、そこでどれだけ彼の言葉に驚かされるか予測もしていなかった僕は課長が受けたあの電話は西条課長からだったんじゃないだろうか、という馬鹿馬鹿しいことにいつまでも気を取られてしまっていたのだった。

5

朝一番の嬉《うれ》しいニュースにわき立った課も、深夜近くになると、もう残っているのは僕と石崎、そして矢上課長の三人になっていた。

「そろそろ帰るか？」

石崎がパソコンの電源を落としながら僕にそう声をかけてきたとき、ちょうどひと段落ついていた僕は、うん、と頷くと自分もパソコンの電源を切った。

「それじゃ、お先失礼します」

石崎の後ろから課長に頭を下げると、

「ああ。お疲れ」

課長は僕たちの方を振り返りもせずに、短くそう答えただけだった。結局今日は、一言も彼と会話をしていない。それどころか、目を合わせることもなかったな、と思ったとき僕の口からは大きな溜息が漏れていた。

「どうした？」

石崎が僕の顔を不思議そうに覗き込んでくる。

「いや……なんでも」

そう——なんでもないことだ、と僕は無理やり自分を納得させると、沈む気持ちを浮き立たせようと、

「そうだ、気が早いけど祝杯挙げに行かないか?」

と石崎を誘った。

「いいよ」

苦笑する石崎の腕を、いいじゃん、と引っ張って、僕たちはよく使う会社の近くのバーのカウンターに腰を落ち着けたのだった。

「ほんと、おめでとう!」

今日は奢《おご》るよ、と言う僕に、

「……いいよ」

と石崎は照れたように笑うと、僕が差し出したグラスに自分のグラスを重ねた。チン、という音が響き、その音に誘われるかのように一気にグラスを空けた僕は、

「もう一杯!」

と早速バーテンに手を上げた。

「なに? どうしたの?」

石崎が少し驚いたような顔で僕を見る。

「なにって? だって嬉しいじゃん」

笑って答えた僕の言葉は――嘘、だった。確かに石崎の留学生決定は自分のことでもないのに嬉しくて仕方がなかったが、今、僕が自棄《やけ》のように酒を飲んでいる理由は別のところにあった。

「……ありがとう」

石崎がまた少し困った顔をして笑う。何を困っているんだろう。困っているのは僕の方だ――そう思う自分がなんだか情けなく、僕はバーテンが持ってきたグラスをまた一気に呷《あお》ると、

「今度はストレートで。チェイサーもってきて」

とグラスをぐい、と押し返した。

「どうした？」

石崎が目を丸くしている。

「ごめん」

本当に――ごめん、と僕は石崎に心の中で手を合わせた。祝杯を挙げると言いつつ、実際のところ、僕は一人で寮に帰るのが嫌だったから彼を誘ったのだった。一人になれば、考えたくないことまで考えてしまう。それを避けたくて、石崎の留学生決定を肴《さかな》に飲みに行こうと誘ったことに対し、僕の内で抑えようがないくらい彼への罪悪感が高まっていた。

「いや、謝る必要はないけどさ」

石崎も一気にグラスを呷るとバーテンを呼び寄せ、

「俺もストレート」

と新たな酒を注文している。

「……ごめんな」

「だから何を謝ってるんだよ」

あはは、と笑いながら石崎が僕の髪をくしゃ、と撫でた。その指の感触が、彼の——いつも僕の髪を梳いてくれる、矢上課長のそれと重なり、思わず目を閉じてしまう。

「……酔ったか？」

くす、と笑った石崎が、また僕の髪をくしゃ、とかき回す。その瞬間、僕の脳裏に今朝見た、矢上課長が西条課長の頭を撫でた、その情景が浮かんだ。

「……っ」

勢いよく目を開いたのは、浮かんだその像を振り落としたかったからなのだけれど、石崎にそれがわかるわけもなく、

「なに？　どうしちゃったの？」

とその端整な眉を寄せ、僕の顔を覗き込んできた。

「なんでもない……」

慌てて首を横に振りながら、僕はバーテンの持ってきたストレートのウイスキーを呷ろう

とし、原液の濃さに思わず咳《せ》き込んでしまった。

「おい、大丈夫か？」

石崎の手が僕の背をさすってくれる。一度課長と重ねてしまったその手に触れられるたびに、説明できない感情が――『切ない』というのが一番近いような気がする。なぜか僕は泣き出したくさえなっていた――芽生え、僕は彼の手を避けるように、椅子の上で大きく身体を引いた。

「危ない」

途端にバランスを失い、椅子から転がり落ちそうになった僕の身体を、石崎がしっかりと片手で抱きとめてくれた。

「ごめん」

焦ったあまり、僕は彼に抱き寄せられるがままに、その胸に顔を寄せた。スーツの襟が頬を擦る。酔った頭が混乱を招き、そのまま目を閉じてしまいそうになったが、課長とは違う柑橘《かんきつ》系の爽《さわ》やかな匂いが僕の意識を覚《さ》ました。

「ごめん……」

ああ、びっくりした、とことさらに明るい声を上げ、僕は石崎の胸に手をついて、身体を起こそうとした。と、それを制するように、石崎は僕の背に回した手に力を込めると、

「あのさ」

低く、掠れたような声で耳元に囁いてきた。

「え？」

なに、と顔を上げようとしても、石崎がそれを許してくれない。なんだ、と眉を顰めた僕の耳元で、石崎は驚くようなことを言い出した。

「俺……留学生、辞退しようかと思って」

「なんだって！」

驚いたあまり、僕は勢いをつけて、彼の胸を押して顔を上げ、信じられないことを言い出した石崎を見上げた。僕は随分アルコールが回っていたが、石崎は少しも酔っているようには見えない。今のは幻聴か？　と僕は、

「やめるって、今、言ったか？」

と我ながら大きな声でそう問い掛けてしまった。

「ああ」

石崎はようやく僕の背から腕を外すと、またカウンターの方へと向き直った。僕も唖然《あぜん》としながらも、彼に倣《なら》って前を向いた。

「なんで？　なんでだよ？」

バーテンに睨まれ、いけない、と声を潜めると、僕は石崎の横顔を覗き込んだ。

「…………」

石崎は何も答えない。黙ってストレートの酒に口をつけている彼の横顔を見ながら、一体彼は何を『困って』いるんだろう、と必死で酔った頭を巡らせた。

星野さんのことを気にしているとでもいうのか――？　確かに星野さんは七年目で、今年が留学生に応募できる最後のチャンスではあるが、それだからといってあんな卑怯なことをした彼を気遣ってやる必要は少しもない。彼がこれ以上何かしでかすのでは、と心配するようなタマには石崎はとても見えないし、一体何を気にして留学生を辞退するなんて馬鹿げたことを言い出したのか、わけがわからず、再び問い掛けようと口を開きかけたそのとき、

「好きなんだよ」

ぼそ、という小さな声が石崎の唇から零れた。

「へ？」

何を言い出したんだろう――問い返す僕の声は我ながら間が抜けていた。が、次の石崎の言葉には、僕は『間の抜けた』どころか『仰天《ぎょうてん》した』大声を上げてしまったのだった。

「お前のことが好きなんだ」

「なんだって？」

またバーテンがじろりと僕たちの方を見る。会話の内容はさすがに届いていないだろうが――石崎の声が小さいからだ――僕の大声が彼の眉を顰めさせたらしい。が、そんな呑気《のんき》なことを考えている余裕がそのときの僕にはなかった。すっかり動転してしまった僕は、また

椅子の上で大きく身体を引いてしまい、先ほどと同じように椅子から転がり落ちそうになった。

「わ」

「危ない」

慌てて石崎がまた手を伸ばす。しっかりと抱きとめられてしまいながらも、僕は自分の聞いた言葉が信じられず、

「好き？」

と彼の胸から身体を離し、まじまじと顔を見やってしまった。

「ああ。好きなんだ」

真剣そのものの石崎の声と、その眼差し——一体どういうことなんだ、と僕は呆然とそんな彼を見上げることしかできなかった。

「お客さん、大丈夫ですか」

いつの間にか近づいてきていたバーテンに声をかけられ、ようやく我に返った僕は、と彼の腕から逃れ、また背の高いスツールに座り直した。

「すみません」

「随分お酔いになられているようですが……お水、いかがですか？」

僕が酔っ払ってふらふらしているのを、石崎が介抱してくれていると勘違いしているらし

いそのバーテンは、石崎に小声でそう尋ねている。

「いや、大丈夫でしょう。チェックお願いします」

石崎は営業スマイルのような笑顔でバーテンを追い払うと、僕の方へと視線を戻した。

「帰ろう」

「…………」

うん、と頷くことしかできない。思考が全く纏まらなかった。石崎が僕を好き？　好きというのは、やっぱりそういう意味で『好き』ということなんだろうか。

僕が課長を好きなように、彼が僕を好きだと――？

「ちょ……っ」

ちょっと待った、と僕が口を開きかけたとき、バーテンが伝票を持ってやってきた。石崎が財布の中の一万円で支払っているのを呆然と見つめながら、ああ、ここの支払いは僕がしようと思ってたのに、と、混乱のあまりわけがわからなくなっていた僕は、そんなことをぼんやり考えてしまっていた。

「じゃ、帰るか」

石崎のあとについて店を出る。普段より随分ゆっくりした歩調で、僕たちは深夜の人通りのない道を、一列になって歩いていた。前を歩く石崎の足元を見ながら、彼と同じ歩調で僕も足を進めていく。空気の冷たさが酔いを次第に醒《さ》ましていくと同時に、彼に囁かれた言葉が今更のように酷い重さを伴って脳裏に甦ってきた。

『好きなんだよ』

真摯《しんし》な眼差し。掠れたような低い声。

『お前のことが好きなんだ』

石崎が僕のことを――好き？

そんな馬鹿な、と思わず溜息をついた気配を察したのか、石崎の足が不意に止まった。

「……すまん。驚かせたな」

苦笑するように笑う顔はいつもの石崎の顔なのに、潤んだような眼差しは今まで僕が見たことのないものだった。

「…………いや……」

僕も足を止め、無理やりのように笑ったが、何を言えばいいのかわからず、そのまま下を向いてしまった。

「男が男に好きも嫌いもないと俺も思っていたが……お前への思いは、『好き』としか言いようがないんだよ」

ぼそぼそと小さな声で石崎はそう言うと、はあ、と大きく溜息をついた。

「…………」

男が男に――という点では、僕と課長の関係もそのものであるから、別に彼だけに眉を顰めるつもりはもちろんない。が、よりにもよって、なぜこの石崎が——誰もが羨《うらや》む容姿と、明晰《めいせき》な頭脳と、リーダーシップ溢れる指導力と、しかも優しい心根を持っている、同期の中でもピカ一どころか、本部内でも石崎に勝るものはいないだろうとまで言われる彼が、なぜその他大勢に埋没してしまうような僕を、『好きだ』という相手に選んでしまったのだろう。たとえば僕が、あのアイドル課長、西条さんだったとしたらわからないでもない。男の僕から見ても、充分綺麗《きれい》だと思うし、それだけじゃなく、中身も伴っているというじゃないか。でも僕は——。

「……気持ち悪いか？」

おそるおそる、としか言いようのない口調で、石崎が僕の顔を覗き込んできた。

「え？」

あまりに弱々しい口調に驚き、僕は思考から醒め、顔を上げた。

「俺なんかに告白されて、気持ち悪いかって思ってさ」

自嘲《じちょう》するように笑った石崎の表情のあまりの痛々しさに、僕は思わず厳しく首を横に振っていた。石崎はそうか、と少しほっとしたように笑うと、やはり小さな声で言葉を続けた。

「今まで三年も友達付き合いしてきたけど、お前のことはなんていうか……他の同期や友達とは全く違った存在だと、俺はずっと思ってた。それは『友人』や『同期』ってだけじゃなく、『親友』だからだろうな、と自分では思っていたんだが、最近になって、お前への気持ちが、決して『友情』とは呼べないものなんじゃないかと気づいたんだ。お前に彼女ができたらしいと知って、本当なら喜ぶべきところだろうに、俺が感じたのはどうしようもないくらいの嫉妬だった。自分で自分の気持ちを持て余していたところに、今回の星野さんの嫌がらせが発覚したが、そのときお前は、まるで自分のことのように憤ってくれた。そんなお前の姿を見たとき、俺は自分の気持ちを改めて自覚してしまったんだ。俺は……俺はお前のことが……」

思いつめたように石崎は僕の両肩を摑んだ。びく、と僕の身体は、自分の意識しないところで大きく震えてしまっていた。

「お前のことが……好き、なんだ」

石崎の、僕の肩を摑む手に力が籠《こ》もった。熱い掌《てのひら》を服越しに感じ、僕はごくん、と唾を飲み込むことしかできなくなった。

「……お前を好きだと自覚してしまった今、二年もお前と離れて海外へ行くことがどうにも我慢できないような気になってきた。これで留学生のことがポシャったのなら、それはそれでいいか、と思っていたところにもってきての今日の急転直下の決定だ。留学生になれば、そのまま海外駐在も夢じゃないということは俺だって知ってるし、海外は俺の夢でもある。でもそうなると、この先何年もお前と離れなければならなくなってしまう。本当にそれでいいのか、と俺は今日一日ずっとそればかりを考え、やっぱり今回はこの機会を見送ろうと

――」

「ちょっと待て！」

熱っぽく語る石崎の言葉を、僕はなんとか気力で遮った。

「え？」

「ば、馬鹿じゃないか！　僕なんかのために、留学やめるっていうのかよ？」

馬鹿、は言いすぎだったかもしれない。が、僕は彼が本気でそんなことを言っているとは思いたくなかった。

「そうだよ」

「そうだよって、あのなあ」

僕は勢いよく肩を揺すって彼の手を退けさせると、逆にその両腕を掴んだ。

「誰もが憧《あこが》れる留学生だぞ？　そのまま駐在員にだってなれるかもしれないんだぞ？　お前だって『夢だった』って言ってたじゃないか。それなのに、そんな馬鹿げた理由で断ろうとしてるのかよ？」

「馬鹿げてなんかいないさ」

今度は石崎が僕の腕を振り払った。

「馬鹿げてるだろう？」

「お前と離れたくないという理由のどこが馬鹿げてるんだよ？」

「距離が離れたって、友達であることに変わりないだろ？」

「だから友達じゃないんだよっ」

不意に両腕を強い力で掴まれ、僕は、あ、と声を上げそうになった。

「好きなんだよ」

溜息混じりにそう言った石崎の唇が落ちてくる。

「駄目だっ」

思わず顔を背けた僕の動きに、石崎の動きも止まった。

「……悪い」

ぎこちなく腕を離してくれながら、石崎が小さな声で僕に詫びた。

「……いや……」

早鐘のような鼓動が収まらず、僕は大きく溜息をついた。

「……お前が何を言おうと、俺はこの話は断る」

そんな僕に向かって、石崎は低いがしっかりした声でそう言うと、そのまま踵を返し大通りに向かって歩き始めた。

「石崎！」

待てよ、とその背に怒鳴った声に、石崎の足が止まる。

「……だからといって、お前にも俺を好きになってほしい、という意味にはとらないでくれ。

これは単に俺の――俺個人の希望だ」

「え……？」

彼個人の希望とは――？　首を傾げた僕に、石崎はどこか晴れ晴れとした笑顔を見せると
「お前の傍にいたい、そういうことだ」

と言って、再び歩き出してしまった。

「…………」

一体――どうしたらいいというのだろう。

茫然《ぼうぜん》自失とはまさにこのことだ、と僕はその場に立ち竦み石崎の背中がだんだん小さくなるのを見つめていた。

石崎が僕を好きで、僕と離れたくないから留学を断る――？　そんなことをしてもらっても、僕には他に好きな人が――。

不意に僕の頭に、矢上課長の顔が浮かんだ。

課長に言わなければ――勿論、石崎に『好きだ』と告白された、などということを言おうと思ったわけじゃなかった。下手したら石崎は、明日の朝にでも課長に『辞退』を申し出てしまうかもしれない。それより前に、なんとか課長に、石崎の辞退を退けるよう、頼んでおかなければ――。

思わず大通りに向かって走り出そうとした僕だったが、ふと、課長と自分の今の状態を思

い出し、また足を止めてしまった。

今日、一度も僕のことを見ようとしなかった課長の家をこれから訪れる勇気は、今の僕にはなかった。こうなったら、明日の早朝、七時半には来ている課長を待ち伏せしてお願いするしかない、と僕は一人決意を固めると、大通りに向かって再び足を速めた。

石崎の告白のことは、それから考えよう——自分でも卑怯だと思わないでもなかったが、今は彼の留学を実現させることが先決だと自分を無理やり納得させ、課長にはなんと説明すればいいのかと、それればかりを帰り道に考え続けた。

それは決して、彼を自分から遠ざけたい、という思いからではなく、僕なんかのためにせっかくの海外への夢を捨てようとする石崎に対する、なんというか——僕なりに、彼を大切に思っている、その気持ちが僕を突き動かしていたのだった。

6

殆ど一睡《いっすい》もできないまま、翌朝七時半という自己新記録のような早い時間に出社した僕は、フロアで一人、仕事をしている矢上課長の姿を認め、ほっと安堵の息を漏らした。早く来たはいいが、直行でした、じゃ話にならないからだ。そんなことを考えているうちに眠れなくなってしまったんだよな、と思いながら、僕はなるべくなんでもないふうを装うと、

「おはようございます」

と課長に声をかけてみた。

「ああ。おはよう」

課長は向かっていたパソコンの画面から一瞬だけ顔を上げ僕を見たが、すぐにまた画面に視線を戻し、愛想のカケラもない口調で挨拶を返してきた。

「……………」

昨日と全く同じ彼のリアクションに、くじけそうになる。何を怒っているのかわからないが、まだ僕への怒りは解けていないらしい。そんな彼に、石崎が留学を辞退するつもりであると説明し、彼を思いとどまらせてもらうようお願いすることなんかできるのだろうか、と弱気になりそうになる自分を叱咤《しった》すると、僕はよし、と意を決し、

「課長、お話が」

と鞄を机の上に置いて課長席へと歩み寄った。

「ん？」

うるさそうに眉を顰められ、また竦んでしまいそうになる。が、せっかくこんな早朝に来たんだから、と拳を握り締め、「お話ししたいことが」と繰り返すと、課長は、改めて僕の顔をじろりと睨み上げたあと、

「先に応接室へ行ってろ」

と再びパソコンに視線を戻した。

「……はい」

取りつく島がないとはこういうことを言うんじゃないだろうか。一体何を怒っているのか、それをはっきりさせたいよな、などと思いながら、僕は言われたとおり一人応接室へと向かった。課長が来るからとドアは開け放ったまま、先に座ってるのも悪いかと、ぼんやりと室内に佇み、どうやって話を切り出したらいいかと腕組みをして考え始めたそのとき、

「待たせたな」

開いたドアから課長が入ってきた——と思った途端、僕はそのままソファへと押し倒されてしまっていた。

「なっ……」

いきなり両手首を摑まれ、頭の上に掲げられたかと思うと、課長の手が僕のベルトにかかる。バタン、とドアが閉まる音を聞きながら、僕は一体何ごとか、と必死で課長の身体の下で抗《あらが》った。

「朝から元気だなあ」

呆れた声を上げながら、課長は僕の抵抗など意に介さないといったふうに、易々《やすやす》と僕からスラックスを剝ぎ取り、トランクスまで下ろそうとしてくる。

「なんなんですかっ！　いきなりっ」

怒鳴りつけた口に、課長の唇が落ちてきた。

「んっ……んんんっ」

痛いほどに舌を吸われ言葉を封じ込められてしまう。取られた手を振りほどこうと暴れるが、課長の手を緩めることすらできない。

「……っ」

息を呑んだのは、課長がもう片方の手で、いきなり僕を扱き上げてきたからだった。先端を指の腹で擦るようにしながら、竿を勢いよく扱いてゆく。やめろ、と言いたいのに唇はキスで塞がれ、両手の自由もきかないといった今の状況では、両脚でいくら暴れようとも次第に昂まっていく自身から逃れることはできなかった。

「……やっ……」

ようやく外された唇から、高い声が漏れる。嫌だ、と思っているはずなのに、こうして課長が僕を押さえ込み、唇を塞ぎ、自身を握っていることに、心のどこかで安堵に似た気持ちを抱いてしまっていることに、随分前から僕は気づいていた。

嫌いな人間にきっとこんなことはするわけがない——必死でそう思い込もうとしている自分の馬鹿さ加減に呆れてしまう。課長にとって、こんな行為は好き嫌いに関係なくできることかもしれないじゃないか、と思った途端なんだかたまらない気持ちになり、僕はいっそう激しく、彼の身体の下で自由を求めて暴れまくった。

「……ああ、わかったわかった」

仕方がないなあと言いながら課長は僕の両手を離し、身体の上から退いてくれた。

「……な、なんなんです⁉」

途端になんだか僕は取り残されたような気持ちになってしまった。ソファに寝転んだまま、睨み上げた彼の顔が霞《かす》んでゆく。

「……おい？」

戸惑ったような表情で、ゆっくり僕の方へと顔を近づけてきた課長の顔が更に霞み、ぐにゃりと歪んで見えた。

「泣くやつがあるか……」

課長の唇が僕の目尻へと下りてくる。

「……泣いてなんか……」

そういう自分の声は、涙に掠れてしまっていた。一気に込み上げてくる嗚咽《おえつ》を必死で飲み下しながら、僕はぎゅっと目を閉じ、課長の唇を避けるかのように両手で顔を覆った。

「泣くな」

顔を覆った僕の指に、課長の唇が落ちてくる。しっとりと包み込むような優しいキス。

「……なんでこんなこと……するんですか」

キスが優しければ優しいほど涙が止まらなくなり、殆ど泣きじゃくるような声になってしまった僕に、課長は、なんだ、と笑うと、

「……好きだからに決まってるじゃないか」

とまた僕の指に優しく唇を落とした。

「…………うそ」

「嘘のわけないだろ」

課長の手が、そろそろとまた僕自身へと伸びてきて、やんわりそれを握ってくる。

「こんなこと……好きでもないのに、するわけがないだろう」

言いながらゆっくり扱き上げられ、嗚咽に混じって熱い息が漏れた。

「ほら……顔、見せて」

もう片方の手で、手首を摑まれ、僕はその手に促されるまま、涙に濡れた顔を彼の前に晒

してしまった。

「……ほんとに……泣くやつがあるか」

くすっ、と笑い、課長が唇を落としてくる。先ほどは痛いほどの乱暴なキスだったのに、今度のキスはあまりにしっとりと優しくて、僕はますます泣きたいような気持ちになりながら、彼の唇を貪《むさぼ》り続けた。次第に彼の僕を扱く手の動きが速くなってくる。時折濡れたような音が聞こえるのは、先走りの液が彼の指を濡らしているからなのだろう。合わせた唇の間から、堪えきれずに息を漏らしてしまいながら、知らぬ間に僕は彼の手の動きに合わせ、腰を揺すってしまっていた。

「…………」

くすっ、と唇を合わせた課長が笑ったのがわかった、と思ったと同時に唇は外され、え、と思ったときには、仰向《あおむ》けに寝ていた身体を抱えられ、ソファへと腰掛けた課長の腰の上に座らされてしまっていた。

「脚、開いて」

内腿を片方ずつ持たれて大きく脚を開かされた僕は、体勢のキツさから自分で足先を目の前のテーブルへと落とした。なんて格好をしているんだ、と羞恥に身を捩ろうとする僕の腰を上げさせると、課長は握っていた僕自身を何度か扱き上げ、零れたその液で濡らした指を、僕の腰の下からゆっくりと後ろへと挿入させてきた。

「や……っ」

ぐい、と奥まで一気に指で貫かれ、僕は課長の膝の上で大きく背を仰け反らせた。雄の先端からは透明な液が絶え間なく零れ続けている。

「やっ……あっ……」

その液を塗り込めるように尿道を爪《つめ》で弄られながら、更に後ろをかき回され、僕はもう耐えられずに課長の膝の上で自ら腰を浮かせ、指の動きを誘ってしまっていた。了解、とばかりに課長は指を二本に増やし、乱暴なくらいの強さで僕の後ろを抉ってくる。

「あっ……はぁっ……あっ……」

抑えられない声が噛み締めた唇から漏れてくる。これ以上前も後ろも弄られ続けたら、我慢できずに達してしまう、と課長に懇願の目を向けようとしたそのとき、

「失礼します」

あまりにも聞き覚えのある声がドアの向こうでしたかと思うと、二度のノックのあと大きく応接室のドアが開かれた。

「……っ」

息が止まりそうだった。ドアの向こうに立っていたのは、やはり驚愕に目を見開いた――石崎だった。

「失礼」

バタン、と勢いよくドアが閉められたが、僕はその場に固まってしまって動くことができなかった。一体なぜ彼がここに――？　我に返って見下ろした自分の姿に、どうしたらいいのかわからないくらいの動揺がぶり返してきた。下半身は裸、しかもテーブルを前に大きく脚を開き、その上勃ちきった自身を晒《さら》している――言い訳のしようのない体勢、言い訳のしようのない状況に、一体どうしたらいいいんだ、と縋《すが》るような目を向けた先に僕が見たのは、

「邪魔が入ったな」

悪びれもせず、にやりと笑ってみせた、いつもの課長の顔だった。

「な……な……な……」

なんで動じないいんだ、と怒鳴りたい気持ちはやまやまだったが、まずはこっちだ、となんとか課長の膝から立ち上がると、片方の足首にたまっていたトランクスやスラックスを引き上げて服装を整えた。

「どこ行く？」

「どこって石崎に……」

なんとかしなきゃ、という思いだけで飛び出そうとした僕に、課長は意味深な笑いを浮かべると、

「よろしく言っておいてくれ」

とあまりにも無責任なことを言って、片手を上げてみせた。

「……っ」

何をよろしく言うんだ、と僕は彼を睨みつけると、バタン、と大きな音を立てて扉を開き、勢いよく応接室を飛び出した。

石崎は席には戻っていなかった。一体どこに行ったんだろう、と僕はトイレやフロアを駆け回り、もしかしたら、と地下二階の社員食堂へと向かった。自動販売機コーナーがあるので早朝から開いている社食の隅、明かりがついていないために殆ど真っ暗なその席に、僕は見覚えのある彼の後ろ姿を見つけることができた。

「…………」

近づいていったはいいが、何を話しかければいいのかわからず、僕は彼の背後でしばし言葉を探し佇んでしまった。

「……やっぱり……課長とはそういう仲だったんだ」

僕より先に口を開いたのは石崎だった。僕の方を振り返りもせず、ぽつん、と力なく呟いた彼の声に、僕は思わず、

「え？」

と問い返した。

「……まさかな、とずっと思ってた。お前が課長に惹《ひ》かれているのには気づいていたが、まさか本当にあんなことを……」

はあ、と石崎は大きく溜息をつくと、はじめて僕の方を振り返った。

「……いつからだ？」

薄暗い室内で、殆ど黒目に見える彼の瞳が物語る感情の色を見抜くことはできなかった。

昨夜、僕を好きだと言った彼――僕のために留学をやめるとまで思いつめていた彼は、今、一体どんな思いで僕を見つめているというのだろう。

「……課長が着任してすぐ……」

せめて聞かれた問いには、誠意を持って答えようと本当のことを告げた僕の前で、石崎はまた大きく溜息をついた。

「…………好きなのか」

石崎が椅子からゆっくりと立ち上がり、僕の方を振り返る。

「……うん」

僕の答えを聞いた石崎の身体が一瞬びくん、と大きく震えた。

「……そうか」

掠れた声が石崎の唇から漏れる。

「……うん」

再び頷いた僕の肩を、石崎はぽん、と軽く叩くと、そのまま僕の横を擦り抜け、社食の入口へと向かっていった。

「石崎」

肩を落として歩いて行く彼の後ろ姿に、たまらず僕は声をかけてしまっていた。石崎の足が止まる。

「……ごめん」

呟くような謝罪の言葉が、石崎の耳に届いたかはわからなかった。そのまま彼は振り返りもせず足早に僕の前から遠ざかっていった。

「ごめん……」

きっと――二度と、彼とは今までと同じように顔を合わせ、笑い合うことはできないだろう。昨夜の告白を受けたときにすら感じなかったその想いが、僕の胸を締めつける。知らぬ間に摑んでしまっていたシャツとタイがくしゃくしゃになっているのに気づかぬほどに、僕はしばらくその姿勢のまま、彼の消えた社食の入口をぼんやりと見つめてしまったのだった。


それから三日、僕と石崎は殆ど口をきかずに過ごした。藤井は僕たちの様子がおかしいことにすぐ気づいたようで、

「一体何があったんです?」

と心配そうに何度も問い掛けてきてくれたのだが、僕は、

「さあ」

と曖昧に言葉を濁し、できるだけ平静を装って毎日出社していた。

課長と僕の間も、再び『冷戦』としか言いようのない状態になってしまっていた。が課長は自分でひっくり返したT建設の件《くだん》の対応に追われ、殆ど毎日会社にいない状態が続いていたので、敢えて『冷戦』と言わずとも顔を合わせる機会はなかった。

四日目の朝、出社した僕は、藤井の笑顔に迎えられた。

「いよいよ発令が出ましたよ！　人事のイントラで見られます！　石崎さん、留学生決まりましたよう！」

「え？」

ほらほら、と藤井に促され、僕も慌ててパソコンを立ち上げると人事のページを開いた。『海外留学生決定の件』というタイトルとともに、確かに石崎の名前と、行き先が『ロサンゼルス支社』であることが書かれていて、僕は嬉しさのあまり、「やったな！」と教えてくれた藤井に笑顔を向けた。

「絶対大丈夫だとは思ってたけど、決まるとやっぱり感慨深いですねえ。しかもロスですよ、ロス‼　ほんと、嬉しいですねえ」

藤井はわがことのように喜んでいる。ロスか——さすがは石崎だ、と思いながら、僕は面

と向かってお祝いを言えない自分の立場を歯がゆく思わずにはいられなかった。

「石崎さん、今、人事に行ってます。もうすぐ戻ってくると思いますよ！」

これを機に仲直りをさせようというのか、藤井が僕の顔を覗き込んでそう言った。

「あ、帰ってきた！」

エレベーターホールからフロアへと入ってきた石崎の姿には、藤井に言われるより前に気づいていた。人事から貰ったらしい封筒を手に、石崎がゆっくりと席へと近づいてくる。

「おめでとう！　やったな！」

「ロスなんて凄いじゃないか」

課員が皆、石崎の背を叩く中、藤井が、ほら、というように僕の背を小突いてきた。

「…………」

石崎がふと顔を上げ、僕の方へと視線を向ける。おめでとうくらいは言ってもいいだろうか、と僕が口を開きかけたそのとき、

「石崎」

硬い声が響き渡り、僕たちは一瞬しん、と静まり返ってしまった。声をかけたのは——星野さんだった。

「はい」

石崎が静かな声で呼びかけに答える。今更、何を言おうというのだろう、と一同固唾《かたず》を呑

んで見守る中、星野さんは石崎に向かって、真っ直ぐに右手を伸ばした。

「ロス留学……おめでとう」

課員の口から、安堵の息が漏れる。

「ありがとうございます」

石崎はにっこりと微笑むと、伸ばされた星野さんの右手をぎゅっと両手で握り締めた。

「……頑張ってくれ。それから……」

星野さんは硬い声のまま、何かを言いかけたが、石崎は、

「頑張ってきます。ありがとうございます」

と彼の言葉を遮り、またぎゅっと力強くその手を握った。

「…………」

星野さんは無言で石崎に頭を下げると、二人は顔を見合わせ笑い合い、それぞれの手を離した。

「さ、留学が決まったからといって浮かれちゃいられない。仕事しようぜ」

いつもの調子で星野さんが半分嫌みなことを言ってくる。

「はいはい」

それでも皆は、どこかほっとした表情のままそれぞれの席へと戻り、仕事に打ち込み始めたのだった。

「出発はいつなんです？」

藤井が向かいに座っている石崎に、小さな声で問い掛けているのが、嫌でも僕の耳に入ってくる。

「一週間後」

「そりゃ急ですね。なんでまた？」

「今、ロスは人手不足らしくて、すぐにでも来いという状況らしい。留学生どころか仕事させられるみたいだ。ビザ取得にひと月はかかるだろうから、それまでは出張ベースにしろ、だってさ」

「それじゃ送別会もできないじゃないですかねえ」

藤井が賛同を求めるように僕の方へと目を向ける。

「そのために、早く内示を出してるって言われちゃったよ」

僕が口を開くより前に、石崎はそう笑うと、一週間でどこまでできるかなあ、と言いながらパソコンへと向かってしまった。

藤井がはあ、と大きく溜息をついて僕を見る。僕は曖昧に笑って誤魔化すと、パソコンの画面を見つめる石崎の真剣な表情をちらと盗み見、藤井に気づかれぬよう、密かに溜息をついたのだった。

石崎の出発は、明日の金曜日の十七時五分、全日空六便に決まったらしい。

「平日じゃ、見送りにも行けないじゃないですか」

口を尖らす藤井に、石崎は「またビザ取得のときに帰ってくるから」と笑っていたが、この一週間というもの、早朝から深夜まで引き継ぎの書類書きに働き尽くめだった彼の貌《かお》はやつれていた。

金曜日か――確かに平日では見送りに行くのは躊躇《ためら》われた。が、このまま石崎と離れ離れになってしまって本当にいいのだろうか、と僕は自分の金曜の予定を見ながら、一人逡巡《しゅんじゅん》していた。調整しようと思えばできるな――そう思ったときには、僕はもう、明日約束した客先に、アポの変更をお願いするために電話を摑んでいた。このまま別れるには、石崎と過ごした三年間は重すぎた。彼と語らい、助け合い、ともに肩を並べて笑って過ごしてきた年月が僕にとっては本当にかけがえのないものだっただけに、このまま、まるで喧嘩《けんか》別れのように口もきかず離れ離れになってしまうことが、僕にはどうしても耐えられなかったのだった。

翌日、僕は半休を取る旨を課長にメールすると、その足で空港へと向かった。はたして石崎が僕の姿を見て、どんなリアクションを見せるだろうかと考えると足が竦む思いもしたが、自分が行きたいと思ったんじゃないか、と自らを叱咤しつつ、成田の出発ロビーへと向かった。

空港内は結構混んでいた。やはり電話で捕まえないかぎり、石崎には会えないかもしれない、と今更なことを考えながら、それでも電話をかける勇気がなかなか出ず、僕は出国ゲートの前でうろうろしてしまっていた。絶対ここは通るのだから、と思ったからなのだが、目を皿のようにして探してみても、石崎らしい人影は見つからなかった。まさか早めにチェックインして出国してしまったんじゃないだろうか――出発時間が近づくにつれ、用意周到な石崎ならそのくらいのことはするかもしれない、と心配になった僕がようやく携帯電話に手を伸ばしたとき、遠くに見覚えのある長身を見つけ、

「あ」

と思わず安堵のあまり、小さく息を漏らしてしまった。

「……榊原……」

石崎もすぐに僕に気づいたらしい。大股で僕の方へと近づいてくると、

「どうした？　会社は？」

と驚きに目を見開きながら、僕の腕を摑み、顔を覗き込んできた。

「休んだ」

「なんで？」

更に驚いてみせた彼に、僕は小さく息を吐き出したあと、

「あのまま……あのまま、お前と別れるのが嫌だったから。せめて最後に、見送ろうと思って来た」

と、一気に思っていたことを言い切った。

「榊原……」

石崎が困ったように眉を寄せ、僕の顔を見下ろしている。

「……元気で、頑張ってくれ。応援してるから」

「榊原……」

石崎の、僕の腕を摑む手に力が籠った。

「それだけ言いたかった。直接お前に、言いたかったんだ」

「……ありがとう」

石崎はそう言うと、僕を真っ直ぐに見下ろし、微笑んでくれた。この三年間、僕に向け続けてくれたのと同じその微笑に、ああ、やっぱり来てよかった、と胸が一杯になりながら、僕も彼に微笑み返した。

「元気でな」

「ああ」

石崎に向かって右手を差し出すと、石崎はぎゅっとその手を握ってくれた。

「……それじゃ」

僕もその手をぎゅっと握り返したそのとき、

「会社サボって見送りか？」

いきなり声をかけられ、僕たちは驚いて声のした方を振り返った。

「え？」

「課長……」

いつの間にか僕たちのすぐ後ろに立っていたのは——矢上課長だった。

「な、なんで？」

驚いたあまりに我ながら素っ頓狂《すっとんきょう》な声で尋ねてしまった僕を、課長はじろりと睨むと、

「部下を見送りに来て何が悪い？」

とつかつかと僕たちの方へと歩み寄り、僕の手を握ったままになっていた石崎の肩をぽん、と叩いた。

「課長……」

「頑張ってこい。お前ならそのままロス駐在も夢じゃない」

にっと微笑んだ課長に石崎は、

「ありがとうございます」

と相変わらず僕の手を握り締めたままで頭を下げた。

「あとのことは任せて、思う存分、向こうで暴れてこい」

課長がそう言いながら、石崎の肩をまた強いくらいの力で叩く。

「ええ……そうですね」

石崎も笑顔で答えると、何を思ったのかいきなり握っていた僕の手を強く自分の方へと引き寄せた。

「わ」

バランスを失い、その胸に倒れ込んだ僕の背をしっかりと抱き寄せた石崎は、なに、と顔を上げた僕の唇を――唇で塞いだ。

「……っ？」

いきなりのキスに頭が真っ白になる。なんだ、と抗おうとするより前に、石崎は唇を離すと、

「……絶対、諦《あきら》めないから」

と僕に向かってにっと笑ってみせた。

「……え？」

何を、と問い返そうとした僕の横で、課長が苦虫を噛み潰《つぶ》したような顔をして石崎のことを睨んでいる。その課長に、挑戦的ともとれる笑みを浮かべると石崎は、

「二年間でコネ作って、絶対にお前をロスに呼んでやる。待ってろ」

と僕の背を叩き、

「ロスって……おい？」

と何がなんだかわからないでいた僕を残して、そのまま笑顔で出国ゲートへと向かっていった。

「石崎！」

「二年後に！　ロスで！」

振り返った石崎が、僕に笑顔で手を振る。

「……仕返ししやがったな」

ぼそ、と傍らで呟く課長の声に、え、と驚いて視線を向けている間に、石崎はゲートの向こうに消えてしまった。

「仕返しって……」

石崎に塞がれた唇を今更のように手の甲でごしごし擦りながら、僕はどう見ても機嫌が悪そうな課長を、おそるおそる振り返った。

「……お前との濡れ場を見せつけた、その仕返しをしやがったんだよ」

「見せつけたぁ？」

驚きのあまり僕は大声を上げてしまった。

あれは――あの恥ずかしい姿を石崎に見られたのは、課長が故意に仕組んだことだったとでもいうのだろうか。

「どどどどういうことです？」

勢いづいてどもってしまった僕に、課長は忌々《いまいま》しげな口調のまま、言葉を続けた。

「あの前の晩、石崎からメールが入ったんだよ。留学生の件は辞退したいってな。メールで済ませるのは申し訳ない、明日朝八時に時間を貰いたいというので、了解の返事は打っておいた。辞退の理由はだいたい想像はついていたが、次の日お前が七時半に来て話がある、と言ったとき、確信したよ。それで先にお前を応接室へと行かせておいて、石崎の机に、『出社したら応接室へ来い』というメモを残しておいた、というわけさ」

「わ、わざと見せたのか！」

というより、見せるためにあの場であんなことをしたのか、と驚きのあまり叫んでしまった僕に、課長はそれまでの不機嫌な表情を解くと、

「ま、荒療治だったがな」

とにやりと笑って片目を瞑ってみせた。

「あ、荒療治って……」

呆れて言葉が出てこない。『見せつけられた』石崎が他人に喋るとか、人事に密告《チク》るとか、少しも考えなかったというのだろうか。

「お前も少しは気づけよ」

呆然としている僕に、課長はまた意味不明なことを言ってくる。

「はい？」

「石崎の人生を狂わせるほどの魅力が、自分にあるってことを、だ」

急に真顔になってそんな馬鹿みたいなことを言ってきた課長に、僕は思わず、

「はい？」

と激しく首を傾げてしまった。そんな僕を見て、課長はやれやれ、というように小さく溜息をつくと、その場で僕の肩を抱き寄せてきた。

「いきなり半休とるやつがあるか」

「はあ……」

囁かれた不機嫌な声に首を竦めた僕の耳に、信じられない言葉が飛び込んできた。

「まったく……見送りに行くと知って、どれだけ俺が妬《や》いたと思う？」

「……え？」

妬く――？　課長が？　僕が感じていたジェラシーを、課長も僕に感じてくれていたとでもいうのだろうか。

「……今日だけじゃないぞ。どれだけ俺が、お前とあいつのことでやきもきしてたと思ってるんだ」

「…………課長……」

信じられない——課長が僕と石崎の仲を妬いていただなんて——。呆然と見上げた僕に、課長はいつものように、にっと笑って見せると、

「ま、俺に挑戦しようなんて、十年……いや、百年早いがな」

と石崎の消えた出国ゲートを振り返った。

「…………」

つられて振り返っただけなのに、課長は軽く舌打ちすると、

「行くぞ」

とまた少し不機嫌そうな口調で、僕の肩を乱暴に抱き寄せてきた。

「……はい」

思わず顔が笑ってしまう。課長のジェラシーをこんなに僕が嬉しく思っているなんて、本人が知ったら一体どんな反応を見せてくれるんだろうか。

「……なんだよ」

まだ不機嫌そうな声で問い掛けてきた課長に、

「これから社に戻るんですか？」

と、僕は込み上げる笑いを誤魔化すために、適当なことを尋ねてしまったのだが、途端に課長はまたあのいやらしい笑みを浮かべたかと思うと、

「直帰に決まっているだろう」

と、僕の肩を更に強い力で抱き寄せた。

「さんざん拗ねられて……何日ぶりだと思ってるんだ」

「……え……」

耳元で囁かれるバリトンに、背筋をぞくりとした妙な感覚が這《は》い上《のぼ》る。

「目一杯可愛がってやる。それこそ夜が明けるまでエンドレスでな」

「け、結構です」

課長の『有言実行』ぶりを知ってるだけに、思わず逃げ腰になった僕の肩を、逃がすかと課長は更に強い力で抱き寄せる。

「さあ、帰るぞ」

そして課長は、先ほどまでの不機嫌さを微塵《みじん》も感じさせない晴れやかな、そしてなんともいえないいやらしい笑顔を——それこそ、『作った』ものじゃない、多分他の誰にも見せない特別な笑顔を、僕に向けてくれたのだった。

出発便ご案内

monologue

「……あっ……やっ……」

高く上げさせた両脚が汗で滑りそうになるのを抱え直し、尚《なお》も激しく突き上げてやると、堪《こら》えきれないように彼は高く声を上げ、シーツの上で激しく首を横に振りながら、まるで俺から逃れようとでもするかのように身体《からだ》を捩《よじ》った。身体を重ね始めてもう随分になるのだけれど、未《いま》だに彼は絶頂を迎える頃になると決まって同じように一瞬嫌がるような素振りをしてみせる。快楽に乱れる自身を恥じているのか、意識を飛ばすほどの絶頂を恐れているのか、はたまた単なる癖なのか、聞いてみたことはないが、ふと垣間見せる彼のこんな初心《うぶ》な所作は勿論《もちろん》俺の厭《いと》うものではなかった。強引に抱えていた脚を引き寄せ、尚も高く腰を上げさせると更に奥を抉《えぐ》るように激しく突き上げてやる。

「やっ……っ……あっ……っはぁっ……あっ……」

シーツの上で彼の身体が跳ねた、と同時に二人の腹の間に温かな感触が広がった。一足早く彼が達したらしい。そのおかげで一段と彼の後ろがひくつき俺を締め上げてくるのに、今度は俺が我慢できずに彼の中で達する。抱き締めようと身体を落としてゆくと、はあはあと息を乱し薄い胸を上下させていた彼が真《ま》っ直《す》ぐに腕を伸ばし、俺の背中を抱き締めてきた。

「……っ」

途端にまたひくく、と彼の後ろが俺を締めつけるように動き、抑制のきかない自身の身体に戸惑うように彼の目が泳ぐ。

「……まだ足りないか？」

彼にそのつもりはないと知りつつそう囁《ささや》くと、彼は——友哉《ともや》は少しむっとしたような顔になり、無言で俺を睨《にら》んできた。と、また彼の後ろがひくひくと快楽の名残にひくつき、俺の雄《オス》を刺激する。

「……や……」

必死で自身の身体の熱を冷まそうとして、彼が俺の背にしがみつく。が、かえってその動きが俺の劣情を煽《あお》り、まだ挿《い》れたままになっていた雄が硬さを取り戻しつつあるのを感じたのだろう、慌てたように友哉は俺の背から腕を解《ほど》くと胸を押し上げ身体を離そうとした。

「なに？」

わかっていながら強引にまた彼を抱き寄せ、こめかみにくちづけながらゆるりと腰を動かしてみる。

「……や……っ」

つつ、と繋《つな》がり合った部分から先ほど俺が放った精液が零《こぼ》れ、彼の尻《しり》を伝ってシーツを濡《ぬ》らした。こめかみに、瞼《まぶた》に、頬《ほお》に、唇に、触れるようなキスを繰り返してやると、再び彼の手が俺の背中に戻ってきて、己の方へと抱き寄せてくる。

「……やっぱり物足りなかったか」

薄く開いた唇から漏れる甘い吐息が近く顔を寄せた俺の頬へとかかる。愛《いと》しさが募るとついつい意地悪を言いたくなるのは幼い頃よりの俺の悪い癖だった。途端に友哉は我に返ったように目を開き、口を尖《とが》らせて俺を睨み上げた。

「ジョークだ」

「性格悪……っ……あっ……」

彼が罵《ののし》りの言葉を口にするより前に俺はその両脚を抱え上げると、激しく腰を動かし始めた。

「やっ……あっ……っ……あっ……まって……」

いきなりの俺の突き上げに、鎮まりかけた快楽の炎が一気に燃え上がったのだろう。滾《たぎ》る身体を持て余し、友哉が今にも泣き出しそうに顔を歪《ゆが》めて俺の背中を強い力で抱き寄せる。

「……っ」

そんな顔を見てしまうと、ますます抑制がきかなくなった。加虐の嗜好《しこう》は持ち合わせていないはずだが、こと彼に関しては例外なのか、征服欲としかいいようのない思いが俺を捕らえ、ますます彼を追い詰めるように腰を突き出し奥底を抉ってしまう。

「あっ……やっ……あっ……あっあぁっ……」

悲鳴のような声を上げながら友哉が髪を振り乱し、享受《きょうじゅ》する快楽に耐え切れぬように俺の身体の下でのたうちまくる。背中に痛みが走るのは、爪《つめ》を立てられたからだろう。ひりつくような痛みがますます俺の欲情を煽り、更に突き上げ続けると、

「あっ……あっ……あっ……ああっ」

友哉は一段と高い声を上げ、今日何度目かの精を二人の腹の間に放って達したようだ。

「……っ」

俺も彼の中で達したが、引きつるような呼吸音を立てている彼の様子が心配になり、

「大丈夫か？」

と問い掛け、彼の上から身体を退《ど》けた。

「ゃぁ……っ」

ずる、と後ろから俺の雄が抜けた感触に友哉はまた高く声を上げると、どうしたらいいかわからないように俺にしがみついてくる。

「おい？」

ぜいぜいとなかなか息が整わない様子に、顔を伏せているよりは、と俺は無理やり彼の腕を俺の背から解かせるとシーツの上にそっと仰向《あおむ》けに寝かせ、汗で額《ひたい》に張り付く髪をかき上げてやった。

「……っ……」

友哉の手が伸びてきてそんな俺の手を摑《つか》み、じっと俺を見上げてくる。

「どうした？」

潤《うる》んだ瞳《ひとみ》がベッドサイドの明かりを受けてきらきらと輝いて見える。その光に誘われるか

のように顔を寄せ、そっと彼に囁きかけると、友哉は泣き笑いのような表情を浮かべたまま、俺の手をぎゅっと握り締め、ゆっくりと瞳を閉じてしまった。

「…………」

大きく上下していた胸の動きが次第に落ち着いてゆくのがわかる。激しく攻め立てすぎたか、という幾許《いくばく》かの反省を胸に、俺は誰より愛しい恋人が安らかな眠りにつく瞬間を見ようと息を潜め、友哉の顔を見下ろした。

ロスから日本の、しかも今までやったことのない国内営業の部署への異動が決まったとき、多少なりとも面白くなく感じなかったといえば嘘《うそ》になる。商社に入ったからには海外で世界を相手に己の実力を発揮したいというのは、殆どの社員の正直な気持ちではあるまいか。赤字続きのロスの電力部隊をなんとか黒字転換し、さあ、これから、というときに次は国内のお荷物部隊をなんとかしろ、と言うのである。少しはいい目を見させてくれ、と思ってもバチはあたらないだろう。

それだけ期待しているということだ、と俺の肩を叩《たた》いたロス支店長に、よく言うよ、という意味をこめて苦笑してみせると、

「ま、日本に帰ればいいこともあるさ」

すぐに呼び戻してやる、と、彼は口約束に違いないことを言って肩を叩いてくれたのだった。調子のよさだけでここまでの地位に昇りつめたのだと陰口を叩かれることの多かった彼の言葉は信用しない方がいい――この三年のロス生活で嫌というほど学ばされたことだったが、最後のこの言葉だけは珍しく的を射ていたと言わざるを得ない。俺がそれを実感したのは、帰国後初出社し、新たに受け持つことになった担当課へと挨拶《あいさつ》に行ったときだった。

「はじめまして。矢上光彦《やがみみつひこ》です」

ぐるりと新しい部下たちを見回したとき、随分顔立ちの整った男がいるな、と俺の目に最初に留まったのは石崎《いしざき》だった。らんらんと光る目で俺の一挙一動を何をも見逃すまいとでもするかのように見つめている。早くも対抗心を燃やしているのか、と彼の若さを頼もしく、また微笑《ほほえ》ましく思いつつ挨拶を続けていた俺は、彼の後ろに隠れるようにして立っていた若い男の姿に思わず目を奪われてしまったのだった。

男にしては華奢《きゃしゃ》ななりをしているその若者は、対抗心剥《む》き出《だ》しの男と同世代くらいだろうか。二人してこそこそと何かを喋《しゃべ》り合い、笑った顔はなんというか――あまりに魅力的だった。

思わず注目してしまったのを、自分たちが騒いだためだととったようで、笑顔が魅力のその男はしまった、というように肩を竦《すく》めて下を向いた。白皙《はくせき》の頬に長い睫《まつげ》の影が落ちるさまはまたどこか儚《はかな》げで――かと思うと彼はすぐに顔を上げ、興味深そうな顔で俺をまじまじと見つめてきたり、次の瞬間にはまた先ほどの男と談笑したりと、面白いほどにくるくると表情が変わる。その表情のすべてに魅力が溢《あふ》れている男に俺は思わず見惚《みと》れてしまった。それで挨拶がおろそかになるほど青くもないが、まさに『いいこと』があったじゃないか、と頬が緩んでしまったのはまだまだ修業が足りない証拠だろう。

惜しみなく魅力的な表情を晒《さら》すこの美貌《びぼう》の青年は、しかしすぐに外見を裏切る熱い心の持ち主であることがわかった。自覚のないその美貌に、情に厚く正義感溢れるその性格に、あと先を考えられない単純さと意外なまでの負けん気の強さに、ますます俺は惹《ひ》きつけられ、どうしてもこの腕に抱きたくなった。

これほどの胸の高鳴りを覚えたのは、それこそティーンエイジャーの頃以来なのではないだろうか、と俺の歓迎会のあと酔いつぶれて眠る彼を胸に抱きながら苦笑したものだ。

恋――恋しているのだ、という自覚は俺を浮かれさせ、思えば随分彼には悪戯《いたずら》をしかけてしまったものだと思う。それは何をやっても可愛《かわい》いとしか思えぬ彼を構わずにはいられなかったというのがひとつと、己の魅力に無自覚なゆえに周囲が彼を放っておいてくれなかったがゆえというのがもうひとつの理由だった。

同期の石崎といい、新人の藤井《ふじい》といい――ああ、取引先のビルもそうだ。どう考えても下心丸見えだろう、と思われるような男たちのアプローチに全く気づくことのない彼に、俺がどれだけやきもきさせられたか――それこそ年甲斐《としがい》もなくジェラシーに身を妬《や》く己の青さに、自己嫌悪スレスレの思いを抱《いだ》くことになろうとは、我ながら驚かずにはいられない。

いっそのこと他人の目に晒さぬよう、この腕の中にこうして彼を閉じ込めてしまえたら――その思いのままに、いまや静かな寝息をたて始めた友哉の身体を抱き寄せようと、彼の手の中から己の手を引き抜こうとしたとき、寝ているとばかり思っていた彼が薄《うっす》らと目を開けた。

「……起こしたか」

すまん、と小さな声で詫《わ》びた俺に、友哉は微笑み首を横に振ると、握ったままになっていた俺の手をまた彼の頬へと持っていった。

「友哉？」

俺の手の甲に唇を押し当てたまま、また彼は目を閉じ、すうっと眠りの世界に入ってしまったようである。

「…………」

手の甲に感じる彼の唇の温かさが、文字どおりじんわりと俺の全身に伝わってゆく。他の誰にもこの顔だけは見せてたまるか、と俺は緩んだ彼の手から右手をそっと引き抜くと、微笑んだまま眠りについた彼の身体を、そっと――その微笑を決して消すまいという思いのままにそっと、己の胸に抱き寄せたのだった。

新人藤井の実習日記

最近、榊原《さかきばら》さんの様子がおかしい――今夜ちょうど帰りが一緒になった事務職二年目の宮元《みやもと》さんに、

「そう思わない？」

と同意を求められたけど、そのことにはずいぶん前から、実は僕も気付いていた。

「なんていうか……雰囲気変わったよね？」

「そうっすね」

年はタメなのだが――僕が留年しているからだ――年次は一つ上の宮元さんには、「いいよ」と言われてもついつい敬語を使ってしまう。体育会空手部五年在籍の僕にとって、先輩や年長者は絶対的存在なのだ。

「綺麗《きれい》になったっていうか……男の人に綺麗っていうのもヘンだけど」

あはは、と笑った宮元さんに、

「そうっすね」

と一応は頷《うなず》いたものの、実は僕は入社してからずっと榊原さんのことは『綺麗で可愛い人』と認識していた。

「あ。私ここで降りるわ。じゃあまた明日」

高田馬場《たかだのばば》につくと、宮元さんは笑って地下鉄を降りていった。

「お疲れさまっす！」

ぷしゅ、とドアが閉まる。あと二駅か、と思ったが、すっかり空いて空席が目立つ車内で立っていることもないか、と座ることにした。

『綺麗になったっていうか……』

宮元さんの声とともに、会社では隣の席に座る彼の——榊原さんの横顔が脳裏に甦《よみがえ》る。

「……前からっすよ」

ふと呟《つぶや》いてしまった自分の言葉に赤面しつつ、僕は榊原さんとはじめて会ったときのことを思い出していた。

「はじめまして。指導員の榊原です」

入社式のあと、僕は自分が所属することになった今の部に連れて行かれたのだったが、そのとき一番最初に目に飛び込んできたのが、榊原さんの笑顔だった。

「は、はじめまして」

なぜかどぎまぎしてしまい、声が裏返った僕に、榊原さんはくすりと笑いながら、

「緊張してるのかな？」

とその綺麗な顔を寄せ、僕の眼を覗《のぞ》き込んできた。

「い、いえ……いや、はい！」

彼に見つめられた瞬間、頭にかあっと血が昇り、おかげで自分でもわけのわからない応対をしてしまった僕を見て、榊原さんが吹き出した。

「体育会空手部っていうからどんな猛者が来るのかと思ったら……そんなに固くならなくていいから」

「はあ……」

本当になんだって自分がこんなに緊張してしまっているのか、その理由がわからない。それでも榊原さんに連れられて部内や担当の経理、審査などを挨拶に回り、再びフロアに戻ってくる頃には僕の緊張もずいぶん解《ほぐ》れ、自分の『指導員』だという榊原さんのことをちらちらと観察する余裕もでてきた。身長は百七十五センチ。僕より少し低いくらいか。さっき三年目だと言っていたけど、下手したら僕より若く見えるに違いない。幾分茶色がかった髪を——勿論染めているわけではなさそうだった。もともと色素が薄いんだろう——無造作にかきあげるのが癖なのか、そのたびに細い手首がスーツの袖から覗いて見えて、それがなぜかまた僕の『どぎまぎ』を誘った。

「空手部だったよね。何段なの？」

にっこりと微笑《ほほえ》むと黒眼がちの瞳が細められ、本当に柔和で優しげな顔になる。ああ、綺麗だな、とまたも僕は男には相応《ふさわ》しくない賞賛の言葉を心の中で呟きながら、瞬時ぼうっと彼の笑顔に見惚《みと》れてしまった。

「……大丈夫か？」

はっと気付いたときには、榊原さんがその形の良い眉を顰《ひそ》め、僕の顔をまじまじと覗き込んでいた。

「だ、大丈夫っす！」

慌てて直立不動になった僕に、逆にびっくりしたようで、榊原さんは大きな瞳を更に大きく見開きながら、

「ど、どうしたんだ？」

と更に顔を寄せてきた。

「に、二段ですっ」

自分でも顔が真っ赤になっているのがわかるくらい、頭に血が昇っている。

「そ、そう……。すごいね」

榊原さんは僕のリアクションに首を傾《かし》げながらも、またそこでにっこりと微笑み、それじゃ、課長が課の説明をするって言ってるから、と僕を伴って課長席へと向かったのだった。

課長はしょぼいオヤジだった。わざわざ僕と榊原さんを会議室へと連れて行ったにもかかわらず、ぼそぼそした声で、課の取り扱いアイテムや、僕が担当する仕事について五分ほど説明すると「あとは榊原君、頼むな」と会議室を出てしまった。

「……ま、簡単に言えばあんな感じなんだけど……わかったかな？」

バタン、とドアが閉まってから、榊原さんが小首を傾げるようにして僕にそう尋ねた。

「はあ……」

正直言うとよくわからない、というのが顔に出たのか、榊原さんは笑って頷くと、

「ま、やっていくうちにわかるよ。僕も指導員は初めてなもんで、至らないところはあると思うんだけど、わかないことがあったらなんでも聞いてくれよな」

と立ち上がり、僕の肩をぽん、と叩いた。こうしてそれからの三カ月、僕はこの榊原指導員に『指導』を受けることになったのだった。

榊原さんが初対面の僕の前で、ずいぶんネコを被っていたということは次の日にはわかった。あの優しげな笑顔を見てどちらかというと温和で大人しいタイプなのかな、と勝手に思っていたのだが、実際の彼は見た目とは正反対の、本当に『熱い』男だった。

といっても決して怒りっぽいというわけではなく、なんというか――すべてに一生懸命なのだ。取引先との電話でも喋《しゃべ》っているうちにどんどん熱くなってしまうのか、一本一本の電話が長い上に、最後の方は顔を真っ赤にして相手とやりあったりすることがよくあった。

そんな電話のあとに必ず彼にフォローを入れてくるのが、榊原さんの同期の石崎《いしざき》さんだ。石崎さんと僕は同じ寮なので、一緒に飲みに行く機会も多いのだが、はじめて石崎さんを見たときも、僕はこの人はハーフかクオーターなんじゃないかとその男ぶりに感心してしまっ

た。

合コンにもよく連れて行ってもらったが、石崎さんは顔がいいだけじゃなく、話題も豊富な上にやることがいちいちスマートでキマっていて、殆《ほとん》ど総ざらいのような状態になることが多かった。それでもよりどりみどりの女の子を『お持ち帰り』することもなく、コンパの後はいつも僕と一緒に寮に帰ってくる、意外に——というのは失礼か——真面目な人だった。

榊原さんとは同期だという以上に本当に仲がいいようで、残業したあと僕も交えた三人でよく飲みに行った。熱くなる榊原さんを「まあまあ」と石崎さんが宥《なだ》めたり、逆に榊原さんが「お前の会議のアレ、ちょっとまずいんじゃないの？」と石崎さんを心配してあげたりと、傍で見ていてもなんだか羨《うらや》ましいような、いい関係の二人だった。

あるとき、僕のことが原因で二人が言い争いになってしまったことがあった。

「お前は構いすぎなんだよ」

やはり残業後に三人で飲みに行った帰り、ずいぶん飲んでいたために僕はそのとき机に顔を伏せていたのだが、意識はまだはっきりしていた。が、二人は僕が寝てしまったと思ったらしい。

「構いすぎ？」

酔っているのかいつもより少し大きな声で、榊原さんが問い返した。この頃、榊原さんは連日、それこそ深夜残業どころか下手すると会社に泊まり込みのような状態だった。この日は石崎さんが無理やりのように誘って一緒に飲んでいたのだ。

「そ。構いすぎ。一から十まで指導してやるのが『指導員』じゃないぜ？」

石崎さんの声も少し酔っているようだ。

「最初は仕方ないだろう？」

「もうひと月以上経つんだ。『最初』じゃないだろ？」

「……石崎が言うほど構っちゃないよ」

やはり言葉では断然石崎さんの方に分があるようで、榊原さんはぶすっとした声でそう言うと、多分酒を呷《あお》ったんだろう、カタンとコップがテーブルに置かれる音がした。

「構ってるよ。だいたいお前、最近深夜残業続きなのはあいつの仕事にそれこそ一から十まで付き合ってるからだろ？　二人分……まあ、まだ新人だから〇．五だとしても、一人でそれだけ抱えてりゃ、毎日深夜にもなるよ」

またカタン、とテーブルにコップが置かれる音がする。次にかちゃかちゃと氷を入れたり酒を注いだりする音がして、暫《しばら》く会話は中断された。

「……お前がさ、藤井《ふじい》に失敗させたくないって気持ちはわかるよ」

会話再開の口火を切ったのは、石崎さんの静かな声だった。榊原さんの声は聞こえない。

「でもさ、常に『転ばぬ先』に杖を用意してやっていたら、育つものも育たなくなる。たまには自分で痛い思いさせなきゃ……な？」

「…………」

カラン、と氷がぶつかる音がした。榊原さんの答えは聞かれず、暫くの間、二人の間に沈黙が流れた。

「…………指導員、お前の方がよかったかもしれないな」

またカラン、と氷のぶつかる音がしたあと、小さな声で榊原さんがそんなことを呟いた。

「馬鹿」

グラスがテーブルに置かれた音がする。

「……僕よりずっと石崎の方が、藤井を伸ばしてやれる……」

「違うって！」

石崎さんが大きな声を出したため、店内は一気にしん、となった。

「失礼」

バーテンか誰かに石崎さんは詫びたらしい。再び低い声で石崎さんが話しはじめた。

「俺よりお前の方が、指導員には向いている。課長もそう思ったから、お前を指導員にしたんだろ？　藤井だってお前によく懐いてるじゃないか」

「…………」

榊原さんはまた黙り込んでしまったようだ。カラン、という氷の音が僕の隣で聞こえた。

「ただお前はいつも、なんにでも全力投球で一生懸命になってしまうところがある。今の藤井へのケアがtoo muchということに気づかないくらいに奴の指導に一生懸命になってるってことを言いたかったんだよ。当事者であるお前はきっと気づかないだろうが、傍から見ているとあきらかにお前の指導はtoo muchだ。そろそろ突き放してもいい頃なんじゃないか？　お前だって藤井を早く一人立ちさせてやりたいだろ？」

「………………」

またカラン、と氷のぶつかる音がする。が、榊原さんは何も答える気配がなかった。

「それにお前自身だって、このままじゃ絶対仕事、破綻するだろ？　最近ミスも多いし、体調も悪そうだし……」

「大丈夫だよ」

榊原さんが小さな声でようやく口を挟んだ。

「大丈夫じゃないだろ」

「大丈夫」

「……ならいいけど」

石崎さんはそこで言葉を区切ると、酒を呷ったようだった。

「気に触ったらすまん」

「いや……」

榊原さんもまた酒を呷ったようだ。

「石崎」

「ん？」

カタン、とグラスがテーブルに置かれた。

「ありがとな」

照れたようにそう言った榊原さんの声は笑っていた。

「何をおっしゃいますやら」

やはり照れたような石崎さんの声も笑っている。

「そろそろ帰るか。藤井、起こさなきゃな」

「このままおいて帰るか」

「甘やかさないようにか？」

「馬鹿」

あはは、と二人が笑いあったかと思うと、

「おい、藤井、帰るぞ」

と榊原さんが僕の背を揺り起こしてきた。

「……はい……」

必死で『今まで寝ていた』フリをした僕の演技は、もしかしたら石崎さんには見抜かれていたかもしれない。

本当なら顔を上げ、榊原さんに対して謝りたかった。僕の要領が悪すぎるために、榊原さんは僕を一から十まで指導しようと思ってしまうのだ。あまり人と話すのが得意じゃない僕は、取引先からも「今年の新人、どうしちゃったの」と呆れられる始末だった。そんな僕をフォローし、口下手でもいいから必要なことだけは伝わるように努力すればいい、という『指導』までしなければならないのは榊原さんのせいじゃない、全部僕が使えないのが原因なんだ、と石崎さんに言いたかったのだが、それより前に榊原さんに『指導員は石崎の方がよかったかもな』と言われ、ますます顔を上げられなくなってしまったのだった。

正直、ショックだった。榊原さんに見捨てられたような気がした。が、そのあとの彼の言葉に、僕の胸は酷く熱くなり、涙までもが込み上げてきてしまって、それこそ顔が上げられなくなったのだった。

『お前の方が藤井を伸ばしてやれる……』

この人は本当に——僕のことを考えてくれているのだ。榊原さんが相当無理をしていることは、傍で見ている僕にもよくわかった。その原因が僕にあることを決して他人に言うことなく、そんな無理をしてまで僕を育てようとしてくれている——そう思ったとき、不覚にも僕は嬉しさのあまり泣きそうになってしまったのだった。

この人が指導員で本当によかった。この人と出会えて本当によかった——込み上げる涙をいかにも眠かったというフリをしながら手の甲でごしごしと擦《こす》って誤魔化し、ようやく僕は顔を上げることができた。

「ほら、帰るぞ」

にや、と笑いながら僕の背をどやしつけた石崎さんと、横でやれやれ、というように微笑んでいる榊原さんの姿に、また涙が込み上げてきそうになるのを堪《こら》えながら、

「了解っす」

と僕はいつものように大きな声を張り上げ、彼らの失笑を誘ったのだった。


『中野《なかの》～中野～』

駅のアナウンスに、僕ははっと我に返った。たった二駅だったが寝てしまっていたらしい。懐かしい夢を見たな、と思いながら電車を降り、中央線のホームへと向かった。

あれから半年以上経つ。今ではなんとか一人立ちをしているが、新任課長との一発目の会議ではまた榊原さんに庇ってもらってしまった。ロス帰りの新課長——いかにも『エリート』に見える矢上《やがみ》課長の前では未だに萎縮してしまう。

榊原さんも課長のことは嫌っているようなことを言っていたが、最近は飲み会でもあまり話題が出なくなったような——というより、飲み会自体に榊原さんは誘っても来なくなった

ような気がする。

そういえば榊原さんと同じ寮の同期が、最近ちっとも帰ってこない、と教えてくれたが、彼女でもできたんだろうか。そんな気配はなかったんだけどなあ――ちょうど電車がホームに入ってくるアナウンスが聞こえ、僕は慌てて六番線の階段を駆け上った。ラッシュの名残か、混んでいる車内に無理やり乗り込みながら、明日あたり、榊原さんを飲みに誘ってみようか、と思いついた。様子がおかしいということは、何か悩んでいるのかもしれない。あれだけ世話になった榊原さんに、今度は僕がご恩返しをする番だ。悩みがあるなら愚痴の一つも零《こぼ》してもらおう。

混んだ車内で一人拳を握り締めた僕の脳裏に、はじめて顔を合わせたときの榊原さんの『綺麗』としかいいようのない笑顔が浮かんだ。

あとがき

はじめまして&こんにちは。愁堂れなです。

この度は四十五冊目のルチル文庫となりました『エリート』をお手に取ってくださり、本当にどうもありがとうございました。

本作は二〇〇四年にアイノベルズより発行されたノベルズの文庫化です。書いたのはほぼ十年前で、そんな懐かしい作品をまた皆様にお届けすることができ、とても感激しています。機会を与えてくださいましたルチル文庫様に、心より御礼申し上げます。

当時と今は時代が随分と違ってしまっているため、作品の舞台は今現在ではなく発表当時の二〇〇四年のままとなっています。自分的には十年はあっという間、という感覚だったのですが、実際は『あっという間』ではなかったのだなと改めて自覚させられました。

ロス帰りのエリート課長と、熱血若手社員のリーマン恋愛ものである本作が、皆様に少しでも気に入っていただけるといいなとお祈りしています。

イラストの緒田涼歌先生、エリートぶりがめちゃめちゃ素敵な矢上課長を、可愛い榊原を本当にどうもありがとうございました！

表紙イラストの二人に萌え萌えでした。

また、今回も大変お世話になりました担当様をはじめ、本書発行に携わってくださいましたすべての皆様に、この場をお借り致しまして心より御礼申し上げます。

最後に何より本書をお手に取ってくださいました皆様に御礼申し上げます。

本作の一話目は出版社様のホームページでの連載で、評判がよかったらノベルズ化します、ということになっていました。読者様の応援のおかげで無事にノベルズとして出版していただくことができ、とても嬉しかったことを思い出します。

当時より皆様の応援に本当に助けていただいています。どうもありがとうございます。

これからも皆様に少しでも楽しんでいただけるような作品を目指し頑張りたいと思っていますので、不束者ではありますが何卒宜しくお願い申し上げます。

次のルチル文庫様でのお仕事は、近々文庫を発行していただける予定です。よろしかったらどうぞお手に取ってみてくださいね。

また皆様にお目にかかれますことを切にお祈りしています。

平成二十五年七月吉日

愁堂れな

（公式サイト『シャインズ』http://www.r-shuhdoh.com/）

✦初出　エリート1～elite～……………アイノベルズHP
（2002年12月～2003年3月）
エリート2～departure～……アイノベルズ「エリート～elite～」
（2004年1月）
monologue ………………………アイノベルズ「エリート～elite～」
（2004年1月）
新人藤井の実習日記……………アイノベルズHP（2003年12月）

愁堂れな先生、緒田涼歌先生へのお便り、本作品に関するご意見、ご感想などは
〒151-0051 東京都渋谷区千駄ヶ谷 4-9-7
幻冬舎コミックス　ルチル文庫「エリート」係まで。

幻冬舎ルチル文庫

エリート

2013年8月20日　第1刷発行

✦著者　愁堂れな　しゅうどう れな

✦発行人　伊藤嘉彦

✦発行元　株式会社 幻冬舎コミックス
〒151-0051 東京都渋谷区千駄ヶ谷 4-9-7
電話 03(5411)6431［編集］

✦発売元　株式会社 幻冬舎
〒151-0051 東京都渋谷区千駄ヶ谷 4-9-7
電話 03(5411)6222［営業］
振替 00120-8-767643

✦印刷・製本所　中央精版印刷株式会社

✦検印廃止

ISBN978-4-344-82906-0　C0193　Printed in Japan

本作品はフィクションです。実在の人物・団体・事件などには関係ありません。

幻冬舎コミックスホームページ　http://www.gentosha-comics.net